主编 凌翔

当代著名作家美文自选集

站成大树的姿势

郑百顺 著

天津出版传媒集团

天津人民出版社

图书在版编目 (CIP) 数据

站成大树的姿势 / 郑百顺著 . -- 天津：天津人民
出版社，2020.1
（当代著名作家美文自选集 / 凌翔主编）
ISBN 978-7-201-15733-7

Ⅰ.①站… Ⅱ.①郑… Ⅲ.①散文集—中国—当代
Ⅳ.① I267

中国版本图书馆 CIP 数据核字（2019）第 280595 号

站成大树的姿势
ZHANCHENG DASHU DE ZISHI

出　　版	天津人民出版社	
出 版 人	刘　庆	
地　　址	天津市和平区西康路 35 号康岳大厦	
邮政编码	300051	
邮购电话	（022）23332469	
网　　址	http://www.tjrmcbs.com	
电子信箱	reader@tjrmcbs.com	
责任编辑	岳　勇	
装帧设计	陈　姝	
印　　刷	北京楠萍印刷有限公司	
经　　销	新华书店	
开　　本	710 毫米 ×1000 毫米　1/16	
印　　张	13	
字　　数	200 千字	
版次印次	2020 年 1 月第 1 版　2020 年 1 月第 1 次印刷	
定　　价	49.80 元	

目　录

第三辑　幸福半透明

第五辑　焚书故事

第一辑　带着腐乳远行

一家鱼的幸福

一对黑鱼在浅水里游弋，在玉带河并非稀奇的事情。我遇见它们时，纵使内心里激动不已，一"偶然"便足以解释。然而它们初生的鱼仔，急急地游动，如风吹浓雾，在它们身旁萦萦环绕，却是难得一见的可贵的景象。我躲在银杏树荫下，欣赏这生命初生的鲜活力量。正如它们合家出游，共享河面阳光，一样的恬淡。然而它们相忘于江湖，享尽生命乐趣，我却只能在碌碌风尘中稍事休息。但即使是片刻的浅歇，也能令我气息柔和，心灵舒畅。

日光下的玉带河并不清澈，这使我觉得与这一家鱼的相遇极为可贵。"大物始于小。"每一条鱼都不特别，然而每一颗鱼卵都是那么的饱满鲜黄。我看待每一条生命都饱含着这样的观念：新生即美好。如初生婴儿的啼叫，总要比儿童尖锐的呼叫美好；如儿童的歌谣，总要比青年人唧唧哼哼或者号嗨更美妙；如青年的合影，总要比那暗灰色的孤单的遗照美丽娇俏。朋友们取笑过我的单纯："就那么爱和孩子们打闹？"然而我是多么希望，能将我的欢乐与他分享。

《亚瑟的迷你王国》曾经风靡在我的青春里。故事里小男孩亚瑟被外祖父的药水缩小了身体，惊慌之余他镇静下来。才忽然发现，在他生活的房子和花园里，有太多在他拥有人类身躯时不能察觉的奇妙。在国产影片《童梦奇缘》中，小男孩由于对继母的不满，积累了迅速长大的梦想。然而有一天，当他真的被促长的奇药催生成为成年男子后，却开始了对迅速老化的恐惧。他短短十年的人生，便将人生八十年的故事匆匆体验。我曾试想如果我是故事中的男子，那么最令我后悔的将是匆匆一生，错失了太多美好的经历。眼下这群卖力游动的小生灵，或许正在努力追赶父母游动的速度。然而他们终有一天会思考：在第多少个七秒之前的记忆里，我是否在努力长大？那时的我可曾想到，有这样一个时刻我不想长大，并且好想回到过去。

　　但流逝的时间终究回不到过去。千年以前，当孔子准备和两个玩泥巴的孩子逗趣时，一定也有追忆童年的情绪。不幸的是我们奉若师尊的圣贤，被"两小儿辩日"的命题难住。乘辇溜走时，他脑海里是否会闪过一个念头："诚不如也。"如果他有，《论语》中应当添加喜看新生的感触。一切的初生都是这般美好，如《自由诗》言——生命诚可贵！

　　常常看见并肩漫步的恋人，然而无限的浪漫，总不及旭日阳光里怀抱婴儿的影子。那浪漫不会在细雨流逝中成为经典，但那新的生命却会延续两条逐渐衰老并且终将逝去的生命，从而让实现永恒成为可能。

带着腐乳远行

在上学的城市里办好身份证那天，我在心里默默祝福自己：你终于离开农村了，恭喜！

从没想到，若干年后，我会放弃在都市里努力创造的生活——岗位、工作经验和人脉资源。从没想过，我会回到我曾经努力挣脱的故乡。回到这里，如初到都市一样陌生。

能带来愉快回忆的，是村里的货郎。放学的时候，我和同学们总喜欢围着他的担子跑跳。萝卜丝、展昭粉、唐僧肉、辣椒糖和宝塔糖，那一目了然的玻璃柜里，货郎伯伯总能拿出令我们意想不到的新鲜花样。我还记得，曾经坐在地头对他大喊："伯伯，今天你不在家的时候，我去你家买辣椒糖啦！"父母听到证词，才知道够不着柜子的我，拿走了柜子里的五元纸币。

除了零食，他也会贩卖一些常用的东西。最有趣的回忆，是我从存钱的火柴盒里，取出五分硬币替奶奶买发卡，还坚持要他找零后才肯回家。

奶奶总会在人多的时候说起这笑话，如我在结识五湖四海的朋友时，总要说起奶奶自酿的黄豆酱一样。一口铁锅、一瓮洗清剪齐的稻草、一双竹筷，在那还没被老年斑霸占的双手里，缓慢轻柔地拿起，放下，拿起，再放下。我相信制作黄豆酱的传统技艺仍在流传，但坐在邻村学堂里，能够闻到的奶奶制作的黄豆酱的香气，无可比拟。

　　每年年初从家里出发，宁愿丢一包衣服，也要带上奶奶做的腐乳。我并不喜欢吃辣，尤其是适应了江浙风味之后，咸菜都很少吃了。奶奶会应着我的口味，在装腐乳的罐头瓶里，浇上一层煮沸的菜籽油。待热油渗透，又滴满浓浓香味的芝麻油。我到了杭州，即使一周应酬之后才悠闲开启，仍然能看得到嫩黄的豆腐和鲜红的椒糊被烫成一体，皱起了油黄的皮。

　　值得庆幸的事，是在奶奶病重之前我就回到了家乡生活。一年之中，看到奶奶的次数多了起来，却丢失了每晚给她打电话的习惯。记得在都市奋斗的时候，有一天忙碌加班，拿出手机时才发现已经是晚上十点了，心想这时候她该睡了，再打回去可能会吵醒她。第二天早早地打通家里电话，她才担忧地告诉我："昨天我等了一整个晚上，怕你应酬喝醉酒了。"回到奶奶身边，不用再拨那熟悉的区号，却不能弥补那一夜的牵肠挂肚。

　　我回到家乡两年后，奶奶已经不能下床了，却还执意要父亲抱她在厨房坐下。我不忍看着她是如何"监督"母亲制作新年的腐乳的，但能听到她喃喃念叨："儿要带两瓶，妹要带两瓶，毛要带两瓶……"

　　从都市回到乡村，几年都不吃腐乳了，总以为奶奶会做，厨房里会一直备着。我在不再带着腐乳远行的时光里，才想明白为什么带它带成一种惯例。在回到故乡后，才想清楚为什么会为了离开这地方而那样努力。而且不用等到老去的时候才明白，为什么走了一圈却又要回来。

　　都市阑珊，乡野自然，无论河山百般面貌，再远走不出牵挂，再厌离不开血脉。

幸福与享福

妹妹在家里与父亲发生矛盾。她责怪年过不惑的父亲："为什么过了大半辈子，到老还要租用别人的房子？"我得知后，不禁心酸。

父亲在改革开放的浪潮中和中国大部分农民一样，被卷进了城市，成为农民工。但与许多在这次改革浪潮中飞黄腾达的弄潮儿不同，他过了四十岁，还是一无所成。唯一与进城前不同的地方是，年老回到故里，却荒废了自己的土地。

这种时代的过滤器，淘汰了我的父亲。而从这过滤器里经过的过程，却耗费了他的一生。90后的妹妹，活泼天真，尚且不能站在自己的世界里认识别人的人生。而父亲从年轻气盛到日暮光阴，知识匮乏，辨不清自己一事无成的原因，看不淡世事弄人的怨愤。难怪他会愤怒地回答他的女儿："我只是在县城里租房开店，不是在老家无处容身！"这似乎是一种警告——父亲，是有尊严的。

诚实地说，我也不解过："为何让我摊上这样一个爸爸？"这样的问题，叛逆的青年都问过自己。但唯有岁月，能回答这个问题。身世无法改变，更不应设法去改变。在一个充满理想与幻想的 90 后的思想里，对父亲发出如此质问，并不稀奇。她在学校里累积了一天比一天更多的认知，从高中升到大学，她又在地理认知上产生了一次质的飞跃。而在大学里，又有比她想象中更广阔的天地。动感潮人、有车的富二代、有胆的官二代……形形色色的生活冲击着她的视野。因此在落后的中部农村，当父亲因断指失去劳动能力以后，为开店创业而寻租一间县城里的房子犯难时，她免不了受城市化的年轻思维的控制。或许还会有一连串的埋怨：为什么富二代可以省略如此烦恼？为什么人都不是完美的，有人享福，有人辛苦？

为什么有人享福，有人辛苦？

享福，总是在别人眼里的。当某人不用工作，而过着优越的生活，在别人眼里，就是享福；当某人平凡一物，却获得佳人眷顾，在别人眼里，就是艳福；当某人粗俗不堪，却成就非凡，在别人眼里，一定充满嫉妒。但这些意外获得的，对于身在福中者而言，就是"福"吗？他没告诉你，你怎么知道？或许对于他来说，这一切正令他烦恼。

享福是一种欲望。如果别人眼里，你在享福，那是他们想要得到的欲望，得到你正拥有的"福"。如果你眼中，别人正享着福，那是你对他所有的"福"的羡慕。

倘若你能肯定享福是一种欲望，那么我要说，幸福是一种感觉，希望你也能认同。

父亲对妹妹的不理解耿耿于怀。他回想起背井离乡，令他疲倦的工厂；回想起夫妻两地，回归家乡的希望；回想起老板刻薄嚣张，房东太太谨慎提防……所有企图丢弃的记忆，却不像丢弃年华那般容易。在顾客面前强颜欢笑的时候，他心里是否有着轻声的哭泣："孩子不懂事，供她上学，期盼她出人头地，她却不知我含辛茹苦不容易。"他是否怀疑过"一辈子为他俩奔波"的意义？父亲不懂"幸福"，但日子过得不开心了，他心里很清楚。

　　幸福是一种感觉。就像父亲感觉不开心的时候，感觉到不幸福，就感觉不到幸福。幸福是一种感觉：或许是看到亲人的笑脸，心里产生的愉悦；或许是离不幸的事情越来越远，意识到自己还有许多个明天。幸福，是在不幸中一天比一天多了欣喜。幸福，是在幸运时一次比一次更加珍惜。幸福其实跑得不快，只要用心去感觉，它就不会离你太远。

　　享福是一种欲望，欲望能带来动力，也会让人冲动。幸福是一种感觉，感觉怎样，你自己最清楚。

父亲的房子

　　父亲出生的时候，赶上新中国成立后的一场大革命。那时候祖屋建在山丘上，吃穿用度都不方便，但为了不忘革命本钱，一家老小也就继续在茅屋里坚持度日。谁料这革命一闹就是十年，父亲就在这茅屋中挤掉了童年。

　　十年后，祖父随着全村乡亲搬到了山下。多年耕作，烧制了一批土砖，建了三间农舍，日子总算好过起来。可三年未满，祖父因病去世，即使住上好房子了，父亲的生活仍然好不起来。葬礼过后，父亲就当起家来，帮助祖母在生产队挣工分。后来因为念书碍事，干脆退了学，一本正经地当了家。

　　有一年跟叔伯们去修河道，回来时，父亲带了一块青色条形河石。那石条足有一米长，高、宽均不下二十厘米。经过简单雕琢，父亲拿它做了门槛。添了砖，加些瓦，请个媒人说合说合，就把我母亲娶进了门。次年有了我，我稍大些，父亲就教我走路，可我总喜欢在那石条上爬，爬进来，爬出去，结果学会走路以后也总要被那门槛绊住。

土砖房不耐雨，偏巧1998年洪水，"雨"大于求。长江决堤的时候，我家的一面土墙也开了口。于是父亲借了债，造了一幢小平房。当然，借了债是要还的。所以房子造好以后，父亲就没有哪一年能够一年到头住在里头。直到现在，砖砌的祖屋显得"枯朽"，父亲都没在屋里整年住过。

造房子，儿子上学，女儿上学，父亲背着债务进城。上海、江苏、湖南、湖北、贵州、甘肃，改革开放着实让这个年轻的农民见识了一番。路途中，有了一种新的住房——棚户区，可供他歇脚。

造房的债用了好几年才还清，接着儿女们又来讨要前世的债了——学费。

从那时起，家里就没有过积蓄。父亲一个人的收入已经无法维持我和妹妹的学习费用，结果是，母亲也追寻了他的足迹。两人艰辛积攒，一个月一个月地掰着手指，结果开学缴费时，一把交上去，数都来不及。省吃俭用剩下些，过年买一张汽车票，置办些许年货，烧一堆香纸爆竹就全都化为乌有了。

高考结束，我去爸妈厂里过暑假，也住了一阵"廉租房"。这些房子大都是当地人祖辈或父辈留下的残垣旧壁。经济发展以后，他们住进小洋房，正巧农民工背井离乡而来，无依无靠，成为无权挑剔的房客，老旧破屋稍经修葺，只要不漏雨，拉根电线就住人。父亲建好小平房以后，却无福"享"住，一直漂泊在这些高楼大厦脚边鞋外的矮房之间，白天在机器轰鸣中声声责怨，夜晚在虫吟月语间静静思念。

而今，父亲近知天命，虽然在儿女们劝导下结束漂泊，却又为房子操起心来。祖母在电话里告诉我："你爸每次看这屋子时，心思就浮上了脸，你也不小了，他心里头急呀。"父亲焦急，但却无能为力，而作为他唯一的希望，我早已将一个目标列进了新年的计划里。

路灯的温柔

小区里的路灯，没有接电线，夜深时分，灯柱顶端的聚能板就会给它提供电能。我从阳台上俯瞰，几盏灯火互不相映，零星散落。这与街道路灯一线排开的阵势不同，虽然不整齐，却显得格外自由。

可我还是喜欢路边一字排开的路灯。喜欢那种温暖的黄光，一盏盏延续，很努力地把路面照亮。

这不完全是因为我有过怕黑的经历，还因为我曾有过，在黑暗中摸索时，被灯光照暖的温馨感觉。

十三四岁，我被转到外地学校。虽然早就积累了学校寄宿的经验，但从周末到月假的变化，我还是难以接受。每次月末回家，都要急着追赶夕阳下的最后一趟车。上车以后，又担心着车到站后，从小镇到村庄，还有一段十里长的夜路要走。

那一段路，在黑暗中被我摸索得那么熟悉。每一个缓坡，每一个转弯，每一颗被车轮带起的石子，每一次被雨打湿的路面。彼时的忐忑不安，强化了我的记忆，至今我都还记得，那段时期每一次走夜路的经历。

我希望顺路的货车，能捎我一程。可飞溅的水花阻止了我摇手招呼，滚扑的灰尘吞没了我呼喊的声音。

　　我希望逢着一位熟人——我曾经的同学，或我爸爸的朋友，他们如果看到我，一定供我休息，或伴我走到下一个村子。可是丛林里的山兽，总是"咕——咕咕——"地叫着，催我快走。

　　我想我有机会在这一条路上，走出孤独绝望的人生态度。如果不是那一星昏黄的灯光，在落着冻雨的夜路上摇弋，我想我有机会，在这一条路上走向消极沉沦和冷漠自私的人生状态。

　　那已经是我最后一次独自走那条路了。期末回家，比平时放学要稍微早那么一些，但天黑也比平时早了一些。冷雨夜，独行无光。我感觉路越走越长，天越来越黑，雨渐渐变大，腿慢慢乏力。我是在那样一个时刻，体会到了意志有多么重要。只要一个消极的想法出现，我就有可能放弃那段回家的行程，瘫倒崩溃在路边，不再前行。

　　我看见一束光，把雨雾照亮。接着，我看见来人丢下伞，从自行车上下来。虽然被那支手电筒的灯光晃了眼，但我能从这连贯的动作中判断出：准是来接我的！

　　我认出妈妈的时候，她才意识到她手里的灯光太亮，照得我不知所措。她连忙把手电筒调转方向，举起伞遮在我头上。她回转车头，扶住把手，等我爬上后座，才记得问我："你饿不饿？"

　　走了两年的夜路，我从来不记得有过饥饿的感觉。每一次都是中午十一点半吃的午饭，放学后赶着五点半的末班车，经过半小时的车程，走完两三个小时的夜路，可除了孤单和恐惧，我从来没有像这一次一样感觉到饥肠辘辘。

　　后来，再到放月假的日子，妈妈都会带着手电筒在小镇的车站等我。我再也不用担心，车到站后要形单影只地走一段悠长又漆黑的夜路。我甚至期待着夜幕降临，我就可以坐在自行车后座上，看一束黄光把沥青路面照亮。

　　至今，我都喜欢那种街灯辉煌的景象，喜欢蜿蜒如游龙浮水的成排的路灯和它们安静平稳地照亮夜路的鹅黄的灯光。我也庆幸我自己拥有过这样一段与灯光有关的经历，等我的孩子到了爱提问的年龄，等她问起我路灯的来历，我想我能够告诉她的，是一个温柔的故事。

她的生命在开花

　　红绿灯路口，我等候在斑马线外。我看到对面红灯之下，一家三口正要朝我这边过来。

　　绿灯亮起时，顽皮的儿子从爸爸的手中脱走，跑到了马路中央。而一辆右转的小轿车，仿佛一道猝不及防的闪电，正要射向春笋初生的大地，眨眼间就能将这小家伙撞飞。

　　年轻的爸爸瞠目结舌地呆立在原地，似乎战斗中最后一次看着敌人的刺刀以迅雷不及掩耳之势刺向自己的胸膛，孤独无助，欲奋还休。

　　我们都静止在那一秒钟，斑马线上呈现出一片死寂的景象！

　　即使如此，我依然能听见，孩子的妈妈尖叫了一声。她用尽全身力气呼唤出儿子的名字，那声音传到我耳朵里时，她的身体，却已经屹立在儿子和轿车中间的位置。

　　"哧——"车轴中发出一阵刺耳的声响，车子刹住，停止在女人双膝跪倒的地方。

　　我们从静止的那一秒钟解放出来，年轻的爸爸跑上前抱住妻子，而孩子的妈妈，却狠狠地紧抱着孩子，不知道站起来，也不知道放松手。

我走到马路中央，看见了她凌乱的头发和呆滞的神情，还有她脸上被泪水冲洗的妆痕。

但是我仿佛看见了她的生命，正在开花。

我联想起一件事。我小时候是在乡村度过的。在那段时光里，我最常做也最难忘的事，是在母亲挑水的时候，跟在她身后，提着一只小水桶，帮她"做事"。

我清晰地记得那些经历，每一次，母亲站在井台上，用绳子吊着小水桶，往上提水。而我则围着井台跑圈。我越跑越快，也越跑越欢，我感觉自己就要起飞的时候，一脚踹在了井边的一颗苦楝树上。

我可能把老苦楝树踹疼了，惹恼了它，被它反弹向井口。我以为自己将要葬身井底，没想到惊慌失措之中，我被母亲一把拽住，竟然还活了下来！

我看着母亲的脸，在黄昏时分的天空的背景中，黑乎乎的，像一朵棉花的花托。她的头顶上方，恰巧浮着一朵洁白的云团。从我仰视的角度看上去，那朵云，就像是母亲头顶上绽放的纯洁的花朵。那种可遇而不可求的刹那间的美，在起死回生的一瞬间，映入我的眼帘，也深深地印在了我心里。

我已经很久很久没有回忆起这件事了，直到我眼前发生的这一幕，才让我的记忆，如梦境一般重播再现。

我走到斑马线尽头，回首那惊魂未定的一家三口。他们也相互搀扶着，到了路边的安全地带。但他们没有马上离开，我也没有。我看着那个被吓坏的孩子，小家伙被爸爸紧紧地抱在怀里，他把头搭在爸爸的肩膀上。我在想，从他的视角看过去，会不会看到他的母亲也变成一朵盛开的花朵。

忆及往事，我在心里默默地感谢母亲，感谢她给了我第二次生命。

行走在异乡，常常成为她在家乡的牵挂。我也会偶尔怀念，怀念那口水井，怀念井边的老苦楝树，怀念那片天空中，那一朵洁白的棉花。但我只有在梦里的时候，才能再次看清，那朵棉花黑乎乎的花托。

我从来都没有仔细地思考过这件事，直到我眼前发生了这一幕。我才终于明白过来，为什么母亲常常对人说我小时候的趣事，却唯独这一件事她从不提起。

因为她的生命开花的那一刻，她的心却在滴血。

站成大树的姿势

我从后视镜里看见父亲穿着蓝白条相间的秋衣，便稳住车速，在相对的静止中凝视。父与子往往都会这样，相对时无言，心眼里却时刻在注视。

我长大以后，父亲很少跟我说教。但我还很小的时候，他却总喜欢对我说很多意味深长的语句。

我记得父亲曾经带着我在院子门口种下过一颗枣树。那是个夏天的傍晚，我帮父亲扶着小树苗，等他给小树培土。他反复要求我，把树苗扶正。当我努力做到最好时，他也觉得满意了，才肯用松软的泥土，将树根盖住。

他一边用锄头填土，一边告诉我："所有的草木，只有从小就站成大树的姿势，才有机会长成一颗挺拔的大树，不然，等树木长成型了，想再多的办法也是徒劳。"

等我上中学以后，父亲就不再这么耐心地跟我说话了。为了让我和妹妹都有学上，他选择了进城务工，赚取我俩的学杂费。

他开始变了，变得只关心我的分数。长途电话中，我有许多次都想要向他诉说，我在学校里被人欺负的遭遇，但他却总是匆匆地将电话挂断。

直到我在接他电话时的语句，变成了每句一个字，枣树才长到院墙的高度。

父亲似乎察觉到什么了，开始在电话里，问我食堂里的伙食。我这才猛然间发现，清水煮土豆，我吃着都会觉得香甜。所以我回答他的话，仍然是每句一个字。

高考那年，终于有机会，再一次和父亲面对面。他站在已经高出院墙许多的大枣树跟前，跟我说："后山地头的那颗美国红枫，是你爷爷亲手栽种的。"

我想逃离和他独处的尴尬时，他平静地说话的样子吸引了我。

他仿佛不在乎我听与不听，只是望着高出他许多的枣树，继续说："我十三岁那年，他就去世了。我听说在渡江战役中，他替解放军摆过渡船，但我记得的事情，只有他亲手栽种这棵红枫时的情景。他跟我说过，人生的成长和树木成材的道理是一样的，大树能长成伟岸的身姿，是因为苗直根正，人如果要成就光辉的事业，从小就应该树立志向。"

那一年，我还是没能理解父亲。没有理解他的自言自语，没有理解他为什么，也要在我面前，亲手栽种一棵树。

我身后的车辆，开始鸣笛催促我了。我从后视镜中移开目光，扶正方向盘，继续驶向村庄的方向。

回到小院门口，我习惯性地将车停在了老枣树边上。母亲急忙叮嘱我："车停远一些，一会打下树枝来，别把车给砸坏了！"一下车，她就兴趣盎然地张罗起打枣的事。

父亲不吱声，只是从院子里取出竹竿子，来到老枣树跟前，静静地看了它一会儿。然后他举起竹竿，在老枣树身上用力敲打，一颗颗冬枣，便像抛洒到空中的喜糖那样落下来。

　　我看着这一切发生在眼前，思绪却停留在那个夏天的傍晚。我忽然明白过来，父亲为什么要我尽力把小树苗扶正，让它那么小就站成大树的姿势。这一切，都是为了让它成为如今这个样子。

望月

　　昨天在乡下的院子里，见了月晕。很少再在夜间回到乡村，尤其是暖春。不执笔，会辜负良辰。

　　乡下的房子，空了三年。整整三年！时间能记得这么清晰，不是因为我把日子过得精细，而是因为才过完祖母的祭日。

　　三年前，我的祖母病了。我盼望着她这一次的病痛，能像她人生中不计其数的大小病痛一样，最后都能痊愈。结果时间对她吝啬了。

　　三年前，办完祖母的丧事，我和父母就住进城里，在城里过端午，在城里过中秋，在城里过春节。我不敢声张心底里想要回乡下过节的欲望，因为我怕我的父亲，会睹物思人想起他的母亲。

　　我和父亲也常会回乡下，但总是因为重要的事，重要到不得不开启那扇门，去看那屋里的桌椅，那披着防尘布的沙发，那相框里祖母生前为她自己留下的遗照。

　　她六十岁那年，父亲买了上好的木材，请了村里唯一的木匠为她制作"寿方"。那年我九岁，可我认识那是人死后用来长眠于地的棺材。父亲对人说："人生七十古来稀，不能等到仓促之间委屈了母亲。"

对此，祖母并不介意，她反而觉得，比起那些她记忆中的人儿，她已经多得了许多时光。

父亲开了北侧储物室的灯，我在冷光灯照射下的身影，叠在了月光直射的身影之上。我跟进室内，给搬东西的父亲帮忙。我们将一件件包裹放到储物室的祖母睡过的旧床上。俯身整理的瞬间，我忽然想到，三年中我从未细想过的问题。为什么祖母生前不肯睡在房间，却执意要搬进储物室里？并不是她所谓的害怕空房间的理由，而是她一直都在独自准备着离开我们以后的事情。

她给自己照的照片，她自己缝的，藏在阁楼里的寿衣。她做过的许多难以解释的事情和她对我说的显得笨拙的谎言——我都信了。我深信不疑，或是，我从来没准备好她要离开我的日子。

两年前的一个周末，我回到乡镇办事。事情处理好，我开着车子回到了村里。在自家门前停下车，才回过神来——祖母已经不在了。她不再守着这幢大房子，等着我回来看望她；她不再守着这幢大房子，等我离开时追出来塞给我零食；她不再守着这幢大房子，等我托乡亲捎给她小吃。

一年前我和父母亲同回乡下，父亲打开门，我停好车，随后父亲走出门，我走进屋。我没有在客厅坐下，而是径直走进储物室，张口喊了声"奶奶——"然后我赶紧转身出去，在屋外的院子里，咽下了那句"我回来啦！"

我的母亲是一个心思细腻的人，幸运的是，她有点耳背，可她还是判断出了我的心事。

祖母生前一定度过了一段孤独的光阴。儿孙在为事业打拼，她空巢居住，又不肯让我担心。唯一能在电话里陪她聊天的人，只剩下我的母亲。可是母亲从事的是辛苦的工作，缺少睡眠，即使得闲跟祖母聊天，也不肯轻轻松松地跟祖母谈心。祖母病重的时候，我责怪过母亲，用同一条毛巾给祖母洗脸和擦脚。一个青年男子从不会错怪自己的母亲，除非对比的是他更爱戴的人。

月光一直都那样美丽，只可惜它太容易惹人沉思。虽然我一直没有准备好，祖母要离开我的那一天，但是我记住了二月初二，她离开我们的那个日子。也许正是因为铭记着那一天，才使我在她离开我们以后的日子里，不会频繁地想起她，不会频繁地因为想念她而悲痛。

时值清明，月明风清。我许久没有欣赏过乡夜良辰，也很久很久没有仰面向天，忘却俗务，观星自省。那皓月周身一轮月晕，也许是自然的提醒：祖母为了离开我们，精心准备了十八年。她如此小心翼翼，怕我们伤心，不正是希望能保留我们生活中美好的片段，而使我们在回忆起她时，可以多一份温馨吗？

既然如此，我为什么还会在想她的时候泪流不止？应该是因为童年时，她陪我度过的那些幸福的事。

与电视机做伴

我奶奶六十岁以后，眼睛就看不清东西了。我的记忆中，她常常将电视屏幕上闪烁着的雪花斑，错看成电视剧中的刀光剑影。

我工作以后，她一个人住在乡下，电视机就成了她唯一的伙伴。从有伸缩天线的黑白电视机，到有室外天线的彩色电视机。奶奶看得最多的，总是黄梅戏。有时候，她也看电视剧，看到剧里的青年被人陷害，就会在电话里不厌其烦地提醒我。看到剧中的女子遭人欺负，就又会在电话里催促我，要求我给异地求学的妹妹多打打电话。

虽然远在四五百千米以外的城市，但我每天都会给奶奶打个电话。乡下的邻居跟我说，无论多晚，奶奶总会开着电视机，等接过我的电话才会睡觉。

每年春节假期，我从他乡回到故乡，奶奶就会不停地对我说话。留守的生活单调，她对我说得最多的，就是用电视剧里的故事，劝我做年轻时该做的事。

我想起来，我小的时候，村里有了唯一的一台彩色电视机。

一到天黑，奶奶就会交给我和妹妹一人一张小板凳，让我们随着同龄的孩子一起去看《包青天》。两集剧情播完，孩子们一哄而散，各自回家。唯有我们，一出门，就看见奶奶在门外等待。

"今天包拯用虎头铡铡了坏人。"我迫不及待地奔向奶奶。

"那人肯定做了伤天害理的事情，"奶奶什么都知道，仿佛事先看过了那两集剧情，"人一旦做了伤天害理的事情，就不会有好的结局。"

我虽然不懂得奶奶的用意，是否是希望以后我能为人伸张正义，但当我遇到人生的坎坷，处在困顿、彷徨和迷惑中时，她亲切的声音，就总是会在自我觉醒的意识里浮现，提醒我充满希望，走出云影，进入阳光。

如今，奶奶也像小孩一样，迫不及待地告诉我，她最近看到过的电话诈骗的剧情：高新科技结合高明的骗术，将故事里老人的钱财骗尽。奶奶诉说着，脸上暴露出的惊慌的表情，我能看得出来，她对她所熟悉的世界，有了新的认识。

"人心啊，怎么可以那么狠毒呢？"奶奶出其不意的一句叹息，令我无从应答。

随着经济形势的逐渐好转，液晶电视机进入了我们的家庭，我也回到了家乡工作。为了让奶奶看电视能看得更清楚，我从电器城买了一台液晶电视回家，却发现奶奶脸上高兴的表情，并没有我想象当中的那样热烈。

安装好电视机，下午准备返回城里的时候，我忽然发现，比起丰富多彩的电视节目，她更需要的是我的陪伴。

"下个星期你到镇上办事吗？"奶奶问我。

"嗯，我会回来的。"

"如果你工作不忙，就回家来住一个晚上。"奶奶跟我说话，开始小心翼翼的了。

我不知道她的这种想法是从什么时候开始的。其实，我在经营自己的公司，可以调节日程。如果真的要回家住一晚，是能够做到的。一直以来，我都以为我很孝顺。可是她这样的一句话，才提醒了我，使我能够自省，让我知道了真相——无论多少好看的电视节目，都不过是让她在孤独中看着陌生人的欢愉；无论多大的电视屏幕，都不过是放大了她映在荧屏里的身影。

不久以后，她在电话里告诉我电视机坏了。我回到家检查，发现是有线电视无法连接了。交了费以后，依然连接不了。眼看红日落入冷山深处，夜晚就要来临。我很担心，这样一个寂静夜晚，她一个人要如何挨过去。我打算留下来陪她，她却赶我走了。

"你回去做事，我天黑就睡了。"

"可是没有电视。"

"也没有什么好看的。"

直到奶奶过世以后，爸爸沿着线路寻找，一直找到村口的接入终端，才终于发现了电视机连接不到有线电视的真正原因——接头松散了。

不知道是人为，还是失误。总之在奶奶最后的时光里，没有了她喜欢的电视节目的陪伴，却换来了儿孙在病榻前的守护。刚好有了机会，把缺少的相守弥补起来。

奶奶病中没有再提过电视节目，没有再讲过电视故事。她甚至不再指点我，该以什么样的态度，来面对人生中尚未发生的事件。

弥留之际，她吃力地对我说："你长大了，跟你爸处好了，一家人要和和睦睦在一起，就像……"奶奶的思路不连贯，她想不起她要列举的例子，但我知道她没能说出来的那半句话，是"就像电视故事里讲述的一样，家和万事兴"。

落在井里的少年时光

农村老屋有一口水井，已经被封了十几年了。由于自来水使用起来很方便，我回到老家的时候，几乎没有留意过，老屋的院子一角，竟然还有一口水井！

这口井是在父亲刚刚步入中年时挖掘的。虽然父亲还很年轻，但是那个时候，我已经小学毕业了。所以挖掘那口井的情景，我记得十分清晰。

从谋划到存钱，父亲准备了一个秋天和一个冬天的时间。春天里，一位端着罗盘的"风水大师"来到我家，在我家屋外一棵苦楝树边，选定了井址。

这口井就在这里开挖了。即使工匠们使用的是比较落后的人工挖掘技术，我也还是觉得无比的新鲜，尤其是对井口上方架着的滑轮组，充满了好奇。

"这个吊得动人吗？"我向工匠们询问。

"你想试试？"可是他们一针见血地道破了我的心思。

一位叔叔正要扶我坐上吊土的簸箕，就被我父亲撞见。

　　他立即严厉地问我："你不用写作业的吗？"

　　我回答写完了，但乘着簸箕被滑轮放下井的心愿，是不可能实现的了。

　　"那就回家背书去！"

　　果然，我无法逃避灰溜溜地进屋看书的结局。

　　水井投入使用以后，我有一阵子欢天喜地地要帮妈妈挑水。然而，我太顽皮，差点掉下水井去。父亲得知此事，水井的井盖上就加了一把锁。但他还是不放心，没多久，他又买了一个家用抽水泵回来，放进了水井中。从此，担水的生活成了我家的历史，汲水变成了电动抽水的方式。

　　有一年夏季，早稻丰收。父亲发动全家人，一起去收割水稻。向梯田出发前，父亲用一只罐头瓶装满糖水，吊在了水井中。等中午回家休息时，他再把罐头瓶拉上来，将瓶中的糖水平均分给我们兄妹。

　　那是我生平第一次喝到冰镇饮料。那美味是复杂的，不仅有着蔗糖的甘甜，还有着夏日井水的冰凉。那是冰箱无法复制的味道。那以后，我再也没有品尝过那甜丝丝沁人心脾的味道。

　　也许是那个夏天，也许不是同一个夏天，我摔伤了膝盖。炎热的天气很快使创面发炎。那一个夏天的夜晚，父亲总会从水井里取一盆水，放在我的脚边，为我清洗膝盖。清澈的井水，很快就被血水搅浑。我看着水中倒映的月亮，痛得哇哇乱叫。不记得父亲花了多久的时间来为我清洗伤口，但我膝盖上手表大的一块疤痕，至今还未消退。

　　长大后，我知道了毛主席以冬泳的方式来锻炼身体，我便学着在冬天里冲凉。从水井中抽出的井水，还留着地心的温度，在寒冷的冬天，一盆井水冲到身上，不但没有冻得直哆嗦，反而有了一丝暖意。那种奇妙的感觉，只在覆水落地之时，才有一个瞬间的存在。虽然蒸发的水分子迅速地吸收了我身体的热量，但是那个只存在了一瞬间的温暖，却补充了我青春奋斗的能量。

　　如果不是这次回家，遇上自来水厂停水维修，我恐怕不会想起来，家中还有一口井安静地沉睡在院子里。不，它不是一口井，它是一段尘封的时光，在记忆的相册中保存，等待我们翻阅；它是一只护院的神兽，在老屋的一角安睡，等待屋主唤醒；它是一汪生命的源泉，在家的土地下暗涌，等待着沐浴新的生命。

故事从秋千开始

小时候，家里住的是青瓦房。堂屋里的屋顶，一半是铺陈整齐的瓦面，一半则是用木板隔出来的阁楼底面。承载木板的横梁，是几根刨光了皮，涂满了漆的树干。在一个春日的早晨，我和妹妹央求父亲，求他帮我们把绳索系到横梁上，在堂屋里为我们做一个秋千。

这是一个简易的秋千，简易到从上到下只有两股绳索，没有坐处。而我和妹妹却因此而收获快乐，快乐到二十年后，我还常常怀念。

妹妹用双臂箍紧绳索，小心翼翼地坐在绳索底端的回弯处。我在后面推着她荡起，由轻到重。这是我记得的情境，而妹妹记得的，则是在她几番哀求之后，我才从秋千上跳下来，让给她玩。但我不承认发生过这样的事，我只承认，在她身后不怀好意地用力推她，使秋千高高地荡起来，吓得她连声呼救，要我帮助她扶住秋千，好让她下来。

兄妹间所有的不待见，似乎都像这争夺秋千之战。家里有自行车以后，我就经常推着车子，偷偷地练习骑车。由于身高不及自行车的高度，我只能双手攀扶车龙头，单脚踩着踏板滑行。看到别的男孩用另一只脚穿过自行车的三脚架，平稳地骑行成功。我就找来了妹妹，让她扶着自行车后座的铁架子，帮助我平衡车身。童年的无知，不是不知道妹妹无法扶住身高比她高，体重比她重的自行车，而是不知道如何控制自己，急于成功的浮躁，不知轻重的莽撞和失败后无端端的迁怒指责。

妹妹却说，她都不记得这些事了。她只记得，当她稍微长大一些，我背她走过的田埂、塘坝，还有水洼。我骑车载她，去过的学校、集镇，还有母舅家。兄妹间所有的照顾，仿佛都是在一些已经荒芜，甚至被人忘记了的地方。

和奶奶一起留守农村的时光里，妹妹开始懂事起来。洗衣、做饭、割稻、插秧。每一项被父母丢下的技能，她都熟练掌握，甚至极为擅长。但我发现，从她懂事开始，就很少爱玩了。别说秋千，那东西已经被她遗忘。相反，腌制咸菜、制作腐乳，却成了她很感兴趣的事。

村庄里，住着一位退休的老校长。他扛着锄头经过我家门口时，总会被妹妹的歌声吸引。他总是安静地站在那里，听妹妹清唱的歌曲。蹲在厨房门口腌制咸菜的妹妹，一抬头，看见老校长荷锄伫立，立即停止歌唱，喊了一声"伯伯"。老校长没了歌听，只好继续自己的行程。

有一次，他忍不住问妹妹："你跟我说说，你唱的那些歌，是在哪学的？"

"跟电视里学的。"妹妹爽快地回答。

"人只有三岁以前才有单纯的喜怒哀乐，可是我看你，每天都是那么开心！"

老校长伫立静听的时候，我坐在青瓦房的门槛上，若无其事地看着。老校长好奇提问的时候，我还是坐在青瓦房的门槛上，依然若无其事地看着。但是他说的人只有三岁以前才有单纯的喜怒哀乐，我是非常赞同的。

高考后，妹妹读了师范，选了心理学专业。爸爸送她去学校报名，她却哭着要回来复读。为了缓和妹妹的情绪，也为了劝服她，爸爸在校外找了间宾馆住下。

一周后，爸爸回到务工的城市。我不知道那几天妹妹在学校里有些什么样的经历，但是我了解到，她转了专业，学了数学。后来，妹妹又做回了快乐的自己。

放假回家，她不直接回来，而是和几个老同学约好，旅游聚会。爸妈问她为什么不直接回家，她顽皮地回答，平时省吃俭用，生活费还留了好多，放假了，得把生活费花完了才回家。

爸妈对她是放心的。首先，与她聚会的老同学中，有一位是爸爸的外甥。其次，她的金钱，不会用于同学之间的攀比。年关回到老家，她的包里全是给家人带的东西。

同样是高考结束，我决意要去爸妈务工的城市。奶奶既心疼路费，也怕爸妈为了照顾我耽误了工作。妹妹不理我，骂我不懂事，我却不急于向她解释，我此行的目的，正是为了让爸爸妈妈腾出空来，照顾照顾我的生活。

我听到了，妈妈在电话中跟奶奶说起过的一件事。在他们务工的工厂附近，有一个菜摊子，每天傍晚，摊主收摊回家的时候，都会将一些成色不好，被顾客挑剩的菜秆子、菜叶子倒掉。妈妈不加班赶件时，就会捡起那些菜，洗净晒干，腌制保存。

由此，我知道了他们平时的生活十分清苦，我也有自信，他们会为了照顾我，买菜加餐。妹妹始终没有理解我的决定，直到如今她彻底忘记了这件事情。我也终于做到了，不让妹妹承受生活中美丽的痛苦，让她一直保留着真正的快乐。

妹妹成为一名数学老师，也成了一位年轻的母亲。她的小女儿，却从小就有了忧愁。

妹妹不许女儿乱吃东西，小伙伴偷偷塞给她一块饼干，小家伙拿在手里，转过身，背对着妈妈一口塞进嘴里。我看了那模样，很心疼我的小外甥女，便常常给她买零食。妹妹见了，又不理解我："以后你女儿长大了，我买糖给她吃，还买巧克力给她吃，你别阻止我！"

我照旧理解妹妹，理解她对女儿的细心呵护。我期待我的女儿长大，能和她的表姐，成为好姐妹。我希望有一天，当我们都白发苍苍的时候，孩子们能浓情依旧。

假如记忆只剩下一件事的内存

在城北的小巷里，一位扶着拐杖的老人，颤巍巍地弯下腰，去捡水泥地面上的沥青烙印。我步行经过，遇见了，便赶紧上前扶她。

"这路中间车来车往的，您可别这么干。"我说。

老人看了我一眼，确定她是不认识我的，便抬起胳膊转了转身。我理解她对陌生人的态度，但却还是放心不下。

我问她："您老人家怎么一个人出门呢？您家在哪？"

她却不理我。我只好接着问："您来这干吗？"

"给我儿找鞋呢！"她终于听懂了我说的话。

"找鞋？"我心里疑惑，但联想起老人怪异的举动，也就立即明白过来。原来老人眼花了，把修补路面的沥青，当成了丢失的鞋子。

可是我对老人的话不完全相信。因为我眼前的这位老人少说也有七十岁了。她的儿子，最小也应该是个中年男人，怎么会丢了鞋子呢？而且即使是丢了鞋子，又怎会让老母亲出来寻找？莫非这位老人……

我停止联想，立即追问老人："您儿子怎么丢的鞋？"

"我儿的鞋，我找我儿的鞋。"老人有些语无伦次了，果然，如我担心的，这可能是一位走丢的老人。

我报了警。随后有一辆警车过来接她，只是场面出乎我的意料。

从车里下来的民警，似乎跟老人很熟悉。一下车，他就"责怪"起老人来："我的老妈妈呀，我叫你不要乱跑了，我答应过你，我一定会帮你找到的。"

老人也看了民警一眼，但却并不提防他。我把老人交给民警时，顺口问他："经常走丢吗？"

民警回答："可不是吗，一到阴天就出来找鞋子，老年痴呆了，她唯一的儿子，很小的时候，因为车祸，双腿断了……我赶紧给她送回去，要不，一会做儿子的又得摇着轮椅出来找娘了。"

看来民警对她家的情况很了解，我便离开了小巷……

夜里十点半，我放下枕边书，准备看一看新闻就睡觉。可是我在《人民日报》和新华社的微信客户端分别看到如下两则新闻，我立刻想起了她。

在新华社的微信客户端，我看到了一位江苏泰州老人的故事。2019年1月8日上午，八十八岁高龄的老大爷，偷偷从疗养院溜了出去。疗养院发现老人失踪以后，立即调出监控视频，发现老人是坐902路公交车离开的，由于老人患有阿尔兹海默症（即老年痴呆症），院方担心老人走失，立即报警，请求警方帮助寻找老大爷。一场虚惊过后，警方终于在902路公交车的终点站找到了老大爷。民警问他，为什么要从疗养院跑出来，老人却一脸无辜地说，他要去给外孙过生日，可是他不记得去外孙家的路线，坐错了车。

同时，《人民日报》则报道了另一位"犯错"老人的故事。2019年1月8日下午，江苏省南京市的一家幼儿园门口，来了一位接孩子的老奶奶。幼儿园老师问她是来接哪一位小朋友的，她说出了孩子的名字。由于老奶奶吐字不清，老师只知道她要接的孩子姓白，但这家幼儿园里，没有姓白的学生。老师不敢大意，请来了附近警务工作服务站的民警帮忙。可是老奶奶说的话，在场的人都听不明白。好在民警从公安系统的平台上了解到，一个小时前，的确有一位姓白的女士报案，声称自己年迈的母亲走失了。

半个小时后，白女士赶到母亲面前。她心有余悸地问："你怎么跑到幼儿园了呢？"老奶奶很自然地回答："找你呀。"白女士说："我又不在幼儿园。"老奶奶没有回答，像是在努力回想着什么，但一旁的民警插话了："她说你以前在这上幼儿园，是不是？"白女士听了，趴在母亲腿上，"哇——"的一声哭出来。

看罢新闻，我想起了她——那位在小巷子里为儿子找鞋的老人。虽然距离初次遇见她，已经过去了一年多的时间，但回忆起来，却像是发生在今天白天。我记得这个人，这件事，或许是因为爱。就像这些老人，尽管忘记了生活中的许多事情，却还执着地记着儿子因车祸遗失的鞋子，记着外孙的生日，记着女儿的幼儿园。他们因为爱着孩子，而选择忘记丰富的人生经历，用他们仅存的那一点保留记忆的能力，去记住有关孩子的重要信息。

柳色新如青松绿

    在我的家乡，杨柳和马尾松是最常见的两种树木。在都市的风景名胜区看到杨柳，以及人们在柳树前流连拍照的时候，我才忽然间想到，我怎么从来没有细看过家乡的杨柳？

    是啊，家乡最普遍的两种树木之中，杨柳，就是其中之一。

    我见过西湖边的柳树。一字排开，绿丝垂吊。人们从全国各地，甚至异国他乡赶来这里，就只是为了一睹西湖风景的秀丽。而西湖的风景，除了湖水、荷叶，自然景观中，应该就属柳树最为耀眼。荷，在夏天最美；柳，却从春就开始抽丝吐芽。可以说，一年之中，西湖的美景，是从柳树开始的。

    游客们赶来赏景，或许是因为他们的家乡，甚至他们的日常生活中，没有柳的身影。但是我来这里又是为了什么？

    我的家乡，有青翠欲滴的嫩柳。池塘坝上，一棵横贴水面生长的老柳树，就像一位趴在地上的爷爷，等待着孙儿爬到他背上，玩骑马的游戏。老柳树就一直保持着这样一个充满大爱的姿势，从我的祖父开始，到我的童年里才结束。

我知道，它是在一次连日不停歇的大雨中，折断掉进水里的。但实际上，我更清楚它所遭受的，不仅仅是这样一次自然灾害。

柳树第一次断裂，是在一个夏天的上午。放牛回来，伙伴们都把牛赶进池塘游泳，让替父母劳作的牛，能在炎热的夏天里享受到一丝凉爽。为了让牛能进入更深的水中，去浸润它自己，伙伴们纷纷走上老柳树的树干，走到池塘深处的水面上。大伙儿争先恐后地向前，企图让自家的牛游进最深，也最凉的水中。不料，却都挤到了一根细丫之上。

老柳树疲惫了，"刺啦——"一声，从分支处折断了。伙伴们有的落进水里，有的拽着高处的柳枝，跑上岸来。我的牛受到惊吓，不肯上岸，把我拽进了水里。

因此，我们都忽略了老柳树。忽略了它的伤痛，忽略了对它的保护。次年新春，池塘岸边新栽种的许多柳树都存活了。可我还是会想起老柳树，反复想着，对于它，人们到底还忽略了些什么？

在长江平原的边缘处，我的家处于并不算高的丘陵之上。早起，在院子里洗脸漱口，一次俯仰之间，就能看见贯通长江的湖泊。在湖泊和稻田中间，隔着一排松树林。

这些松树都是同一个品种——马尾松。对这一排松树林，我从来没有问过为什么它会存在。也不用问，因为这一排松树林的左边，一片梯田之后，又是松树林。右边也是，我家屋后，我们出村的道路两旁，我童年的脚步，能跑到的最远的地方，全部都有马尾松林的影子。这些印象，在我的意识深处根深蒂固，让我感觉，这世界上，人类种的最多的就这一种树木。

我的这个错误认识，一直持续了十几年。到我走出山村，走进城市里去求学，我才知道马尾松不过是最普通的一个树种。

马尾松，在我童年、少年的生活中无处不在，我为什么，从来都没有注意过它们呢？马尾松绿意盎然，松针，柔软如青葱；松果，奇特如木雕，我为什么从来没有注意到，这些是多么有趣的特点呢！

在我童年和少年的生活中，它太普遍了。普遍到我都不会去想，马尾松和我们人类，为何会生活得如此和谐。假如我真的有过这样的疑问，我也不会知道答案。如白居易，见堂下有十棵松树见缝插针地生长着，而且是"乱立无行次，高低亦不齐。高者三丈长，下者十尺低"，也只能发出"有如野生物，不知何人栽"的疑惑。

尽管如此，马尾松的生长过程，我却还是很熟悉的。有一年起大风，我家门前的一棵楝树被连根拔起，池塘坝上的树木，也多数被毁。长辈们便决议，在池塘坝上种植新的树木。为了节约成本，也为了树木能够快点成才，最终被选定的只有两种树木。一种是柳树，因为无心插柳尚且能成荫，何况是逢春栽种的柳树！另外一种，就是松树了。杜甫描写过松树的生长速度："四松初移时，大抵三尺强。别来忽三载，离立如人长。"我只能说，杜老漂泊三年，错过了松树的成长。因为长辈们栽种了松树以后，次年春天，它们的高度，就已经超过了一个成年人的身高。三年后，在入村的路口远眺，我就能看到池塘坝上，那一片茂密的马尾松林了。

如今，我已经很久没有回过乡村，我不知道当年的新柳，是否已经沧桑，但我知道，马尾松林的地面上，一定覆盖着一层厚厚的松针。如果恰逢春种或者秋收的季节回到那里，我们还有可能捡到松乳菇，用它，可以做成一道美味的菜。

谢谢你，惊艳了我的记忆

你来的时候，没有带给我特别深刻的记忆。我只有一个模糊的印象，是和你抢夺一张小板凳，我追到田埂上，从你手中夺下，本属于我的，你却企图抱回家的小板凳。

虽然我赢了，但我却因此挨了父亲的一顿打。我只记得我还没有上学，而你也只是刚刚会跑。你的拳头打在我身上，我没有疼的感觉。我的牙齿咬在你手臂上，却留下了一排齿印。

我是在这一件事的善后过程中，知道了你我的关系。尽管我不清楚表弟与弟弟，孰亲孰远，可我还是被迫接受了要对你好，要照顾你的事实。

谢谢你，就此走进了我的世界，占据了我童年的时间，参与了我玩的所有的游戏。谢谢你，用自己未成年的全部时间，与我一起顽皮，与我一起淘气，与我一起探索未知的世界。

夏天的早晨，露水很重，湿漉漉的青草，老水牛食用最好。我们一起在梯田坝上放牛，你牵着牛，我骑在牛背上。我们也曾尝试过，一起骑牛，以求避开清晨草丛间盘息的水蛇。可是我爬上牛背的时候，因为用力过猛，被惯性驱动，翻过牛背，滚到了地上。你赶紧滑下来，把我推上牛背，光着脚，牵牛走过草地。

我伤了胳膊，抬不起手臂，拿着筷子夹菜，却疼得送不到嘴里。可我掩饰得很好，只有你一个人知道。你想说出来，但被我制止。现在想起来，你好像知道我成长路上的所有小秘密。而且知道那些秘密的人，也只有你一个。

虽然你属龙，我属兔，但是从来都是你比我有主意。你用旧报纸和五号电池制作的"手电筒"，是我们比试用的"激光剑"。你要我帮你拿着电线的一端，等你接通电源，给电池充电。你机敏的反应，救下了我俩的生命。我知道了电流、电压的危险，也由此懂得了生命只有一次机会。

你带我认识了许多新鲜的东西。游戏机就是其中之一。我认识到豆腐块和方块字以外，还有一种叫作俄罗斯方块的游戏。此前，我不知道跑和跳的不同形式，也可以变化出格斗的必杀技。是你，带我接触了游戏手柄、键盘和集成卡，这样一些日后变成一代人集体回忆的东西。谢谢你，让我的童年拥有了与别人相同的经历。

我转学去了异地，回家的次数少了，我格外珍惜，我们相见的机会。幸运的是，你住到了我家。十八岁前，我们像两只牛犊子，被拴在了村庄这根桩上。于是你有近十年的时间，与我同吃同住。表弟与弟弟的亲疏，应该就是体现在吃同一锅米，喝同一壶水的次数。而你的吃穿用度，件件事都与我同步。

你喊我的名字，从来都不会带上"哥"这个字。我叫你时，也习惯省去你的姓氏。在别人眼里，我俩就是最亲的兄弟，像海尔冰箱的标志，你搂住我的肩膀，我的手也要搭在你的背上。

如今我已经有了我的孩子，而你也终将会有你的家庭。你开始见外了，过年回到家乡，你不再直接回到我家，你不再像往常一样，等到除夕之前的两三个小时，才肯离开。你开始学会了带礼物，到遍布你痕迹的房子里登门拜访。但奇怪的是，我一点儿也不觉得伤感。或许是因为，我们都是一样的离开了这里，并且都在全新的城市里，开创了新的生活天地。但我相信，我俩就像两只离巢的大雁，无论我们走出多远，每年都会在特定的时间里，不约而同地回到这里。回到这个，我们曾经共建的、储藏着我们快乐之源的世界里。我要感谢你，在我的记忆里，用争夺的方式，为我俩的故事，留下了一个紧张的开始。

父爱，父错

每一个男子，幼年时，他的心目中都会有一位超人，这个超人便是他的父亲。

每一个男子，懂事后，他的心中都会有一个坏蛋，这个坏蛋也是他的父亲。可是等到他理解父亲的时候，他已经不再年轻。而他的父亲，要么已经老去，要么已经死去。

朱自清描写的父亲的背影，成为一代人理解父爱的标准。可是我们不应当这样简单地认识父亲，更不应该这样片面地理解父亲。父亲有做父亲的错，且各不相同，天底下的父亲各有各的可恨之处。但父亲的爱却是相同的，天底下的父亲，对子女无不情深意切。

我的父亲，犯下的第一个错误是下手不知轻重。我五岁，也许还未满五岁的那一年，几乎每天都和表弟一起玩。有一个夏天的黄昏，表弟玩得尽兴了，搬着我家的小板凳要回家。我当然不答应，一路追到菜园中才从他手里夺下来。起初我要求他放下我的小板凳，他置若罔闻。接着我从他手上抢夺，他和我争。然后我咬了他的手，抢到了小板凳。父亲知道了我咬他这件事，抡起手掌就给我一记耳光，给我留下了一个强烈的生理感受和深刻的情绪体验：我的眼前没有了天光，黑暗像一张棉被蒙住了我的眼睛，我的耳朵听见轰鸣，紧接着眼眶里面有了黄色的小星星，我张大嘴巴哭泣，但我的喉咙无法发出声音，我的眼泪冲洗掉眼前的黑暗，开始感受到灰色的光线，我的脸颊先是发烫，然后才慢慢产生痛感，我用手抹下巴上的口水，手上滑滑的，我抬起手看见，手指间鲜血淋漓。

这是我第一次恐惧，第一次怕自己要死。遗憾的是，父亲并没有因此而认识到自己的错误，后来又以"快马扬鞭"的方式，用赶牛的鞭子抽打过我，并且用手到擒来的筷子，敲打我的手指，帮助我克服左手吃饭的习惯。

父亲在我身上，犯下的第二个错误是要求我读书，却阻止我"读书"。像大多数做父亲的一样，父亲希望我能学有所成，前途似锦。他以他博士后的堂兄为蓝本，用"学好数理化，走遍天下都不怕"作为培养目标，给我制定了学业规划。于是我的文学爱好，便成了他假想中的死敌。他竭尽所能，去为我创造学习条件。但一切都没有如他所愿，朝着他制定的计划发生。

我曾经问过他一个问题，为什么只要将打火机竖起，它的"储气罐"里的液体，总是能够回落到两边相等的高度？父亲初中没有念完，无法向我解释连通器的原理，但他批评了我一顿，叫我把自己的书念好就行了，他说那些旁门左道不是我应该关心的事。

等我能够解释"打火机现象"时，他却问过我一个单词。我没有回答上，他因此对我很失望。

一个假期，我和妹妹坐在院子里说话。父亲准备去田里打农药，他拿出一瓶瓶身贴着全英文标签的农药问我："这药是保水稻用的，还是保棉花用的？"

我不认识，他又叫妹妹认，妹妹认出了其中的一个单词。

"庄稼，适用庄稼。"妹妹告诉他。

父亲不想看我，只是说了一些对我失望透顶的话。可是我那时候已经处在叛逆的青春期里，对他的感受已经满不在乎了，我关心的是"老吾老以及人之老"和"天下之忧"的民生问题。所以当他对我说话的时候，我脑子里想的是"偌大一个中国，难道没有一份给农民翻译农药说明的工作"这个问题。

父亲很反感我读杂志和文学作品。在我的义务教育阶段，几乎没有接触过课本以外的书籍。小学时候，学校里发的美术课本配有橡皮泥，我很喜欢。我对照课本捏泥人的时候，父亲没收了我的美术书。从那时开始，到我完成义务教育之前，我就没有再"读过书"。

父亲犯下的第三个错误，是干涉我择业。他的堂兄曾经许诺，会替他帮我找一份像样的工作。可我没有给他争气，不愿意在我不喜欢的行业里做事，而是选择了自主创业。他的心情由此不再快乐了，除非我听从他的安排，考取一个编制。

妹妹为了让父亲快乐起来，也是真心地为我着想，曾经在一次单位招考时给我报过名。我无心考试，但又不忍心辜负了他们一番好意，只得硬着头皮跑去裸考。结果我差了两个名次，没有进入面试环节。许多年以后，我和身在体制内的同学们谈心，还半开玩笑地说，我真是庆幸自己没有考取"功名"，否则我的公司真要半途而废了。

那以后，我又做了一件让父亲心里不痛快的事。那一年家中接连发生巨变，父亲在工厂因操作失误，被机器压断四根手指。出院不到一个月，妹妹又因车祸，在医院抢救一夜才保住性命。我远在六百千米之外的都市，半年以后才知道发生了这些事情。虽然跟家里通电话的时候也曾怀疑过，但祖母一口否定，我也不敢往生活的坏处过分地联想，这些事竟然被他们瞒住。直到亲如兄弟的发小急匆匆给我打电话，我才知道了事情的始末。父亲不肯让我知道家中的变故，是怕我连那份事业单位的工作都丢掉。知子莫若父，我立即向领导请辞回了老家。

我回到家乡的时候，父亲已经能正常劳动了。那一天夜晚，我乘坐的大巴车午夜到站，父亲接到我，直接带去了他的夜宵摊上。一起摆摊叔伯们，见到我都客气地招呼："哟，国家公务员回来了！"我从未见过父亲的这些新朋友，但通过他们的话语，我能明显地感觉到，父亲对我事业的期待。

父亲错了，价值观错了，荣辱观念也不对。身为一个老百姓，或者说作为一名最普通的共产党员，拥护党和政府是无比正确的行为。但父亲希望我做的，不是服务于民的公务员，而是希望他的儿子能"当官"。

我从单位里辞职，对父亲来说，无疑是一次心里打击。我知道父亲是爱儿子的，但父亲的错与爱，总是浑浊不清。

我在家乡开始了创业。先是种植苗木，我通过网上咨询，跑去江西宜春的一个小县城里买来了红豆杉树种。父亲嘴上不支持，最终却还是帮我完成了播种。

十年树木，播种以后，我大量的时间不能干等着种子发芽。尤其是这些时间里，我没有任何收入。于是我认识到自己创业的行为，太过草率。新的出路想好之前，父亲对我满腹牢骚。每天催我看书考试，有时候看到我无所事事，特别来气。甚至说出过一些伤人的狠话来。

我当时已经开了一家新的创业公司，虽然吸取教训，有了思想准备，但是工作几年的积蓄，远远不够公司运作的需求。我的心，处在创业初期的生存困境的煎熬之中，而父亲的那些言语之错，还在源源不断地打击着我。

即使如此，我还是感受到了希望，也坚定了创业的信心。而这希望，居然也是来自父亲的支持。

公司开业时，我淘到了一批旧桌椅。父亲见我犯难，默默地借了一辆三轮车，跑去帮我搬运桌椅。

公司资金周转不灵，我储蓄卡上的钱也早已经花完了，我没有开口，父亲却像是猜到我难处似的，拿了一张五万元的存折给我。除夕夜，母亲塞给我红包，我不肯收，他却发了火，命令我收下。

我的公司渐渐有了起色，这期间帮助过我的人很多，但我知道，如果没有父亲的那张存折，公司可能早就会因为资金链断裂而停业。

父亲的爱是微弱的星光，父亲的错似乎才是不断发光的太阳。不久，父亲就又开始在催婚这件事上犯错了。事业上站稳脚跟以后，我已经是大龄青年了。父亲开始催我结婚。父亲的错，是要求我在忙完了公司的事以后去他摊位上帮忙，同时还要找对象，谈恋爱结婚。我开始找对象了，摊位上一忙起来，父亲就开始责骂。我去帮忙了，忙完两个小时，稍有闲暇，他又唉声叹气，怨我不肯结婚。

我开始不敢跟他对话了。我知道当着他的面，我说不清他的爱，我也说不出他的错。他就像一个受惊的刺猬，时时刻刻都竖起刺毛，他的本意，是想将我保护在他身后，他却没有想到，当他慌张的时候，他身后也是坚硬的刺。

父亲的错与爱，我分也分不清。即便是如今我有了自己的孩子，我也还是常常害怕。他那本想用来保护我的刺，无意间伤着了自己。

第二辑 欠什么也别欠下祝福

欠什么也别欠下祝福

　　在快餐店点好菜，到收银台结账的时候，收银员一如往昔地向我报以微笑。这并不美丽但却彰显着愉悦的微笑，总能让我在片刻的等待中获得愉快。很奇怪，今天她找给我的零钱中有一只"千纸鹤"。这是一只用面值一元的纸币叠成的千纸鹤，她高兴地告诉我："这是幸运物，所以我没拆……"说话时脸上挂满了比平常更喜悦的笑容。

　　我接过零钱，往皮夹里装，轮到这只千纸鹤的时候发现没有空间存放，于是脱口说道："没地方放，给我换枚硬币吧。"话音未落，我就已经后悔，她脸上的喜悦也瞬间被尴尬的浪涌覆没了。

　　这位收银员是这家快餐店里长相最出众的年轻女士。我因服从公司调派，来此地已近两年，这两年里每天都要来这儿用餐。随着时间流逝，我和她渐渐变得熟悉，虽然总是无暇交谈，但总会在结账时相互报以微笑，以示友好。有时候我加班来晚了，她也总会提醒柜台："菜留点，还有个熟客没来"。当我姗姗来迟，就会听到柜台打菜的阿姨问她："你说的就是他吧？""嗯！"伴随应答的笑容让人赏心悦目，再多的工作烦恼也都会在这样的热情里消融。

热情的微笑总会被冷眼、冷语淋湿，令热心人倍感尴尬，冷语者也会心怀愧疚。今天这样愚蠢的事情被我碰上，更让我不安的是，拒绝了"希望给你带来好运"这样的美好祝愿。走出餐厅我不禁自责：浑身上下六七个口袋，难道装不下一份祝福？

因为熟悉才会有率真的表现，哪怕一只小巧的千纸鹤，都代表着真诚的祝福。在我短暂的执教生涯中，类似轻巧却饱含诚挚感情的祝福物件，都被我保存至今。

执教小学一年级那年的教师节，我收到了学生们送来的礼物，其中有一件我十分喜欢。一个小男孩自制了一张节日贺卡，送给我时还在贺卡外面套上了用绘画纸粘制的信封，足见其用心深刻。当然，这些有可能都是父母教他的，但贺卡上的内容，却都是他亲笔所写，亲手所画。"lǎo shī，zhù nǐ 节日 kuài lè。"用我教的拼音，表达他对我的祝福。我看过立即合上，生怕内心的感动从眼里溢出来，只笑着自语："这小家伙！"

那个节日我过得非常愉快，即使是感动让眼皮变得像鸡蛋皮一样脆弱，也紧紧地裹住了眼泪和他们笑得同样灿烂。这些心智未启的孩子正眨巴着眼睛看着我呢，他们想知道，他们的祝福是否让老师感到快乐，而我领了他们的好意，就不应该欠下这些祝福。

多少年后，我依然保存着这份美好，时常翻出卡片来瞧瞧，虽然再也不如当时情景里那般感动，却总是不断地在烦闷和失意时劝诫自己：保持快乐吧，别亏欠了这番好意。

用生命影响生命

从教以后，我发现义务教育阶段的孩子们最缺少的不是知识，不是科技设备，而是父母的陪伴。

班上有一位名叫天佑的学生，小脑瓜十分聪明。课堂上，抢着回答问题的学生中，一定有他。一到课间，他又总会在操场上跑跑跳跳，似乎体内有一颗正在裂变的原子，产生了消耗不尽的能量。

一天傍晚，他母亲给我打来了电话。

"郑老师吗？您好，我是天佑的妈妈，我想请您帮我个忙。"

她似乎觉得唐突，连忙解释说："是这样的，我在外面打工，平常都是他奶奶照顾他，小时候还算听话，但现在他越来越调皮了，每天都不肯洗脸、刷牙。"

我答应她要帮助天佑，但我没有将洗脸刷牙作为一项作业要求他去完成，也没有组织全班同学一起比个人卫生。我只是在课间靠近他，跟他面对面说话的时候，故作惊讶地逗他："啊——你没有刷牙，口臭都要把我熏醉——了！"周围的孩子看到我哗众取宠的样子，都哈哈地笑起来。值得欣慰的是，我这样做，并没有伤害到他的自尊。当伙伴们都开心地围着他和老师大笑时，他也笑了起来。

不久，他的母亲再次联系我，她说："老师的话他就是愿意听。"

可我却不这么认为，帮助一个人愉快地认识到自己的缺点，比严厉地指出不足要好得多。至少他改正缺点时，真的是很用心地在改正。

同样的事情，在这个小集体里早就发生过。

子萱是一名乖巧文静的女生，但她的学习成绩总是原地踏步，有一阵子，我开始怀疑我的教学出了什么问题。

如果不是她母亲来学校跟我说起，我可能至今还在否定自己。

"她对她爸说，'如果你不回来，我考试就不考好！'"

有一些问题可以找到答案，但是无法解决。

她的父亲每个月请假一次，从外地回来看她。

"不出去不行吗？"我像孩子一样提出疑问，不同的是，我知道答案，而孩子们还不知道。他们只需要爸爸妈妈陪着就行，哪管它衣食住行！

《孟子》里有一则寓言故事：齐人要往楚国远游，就将照顾妻儿家小的重任托付给好友。但当他回到齐国的时候，妻儿已备尝艰辛。齐人迁怒好友，与他绝交。孟子借此阐述治国的道理，可我觉得它，同样适用于我们所面临的问题。

"我是一个教师，但我跟你不一样，我不只是在教书，当教师本来是一件很有意义的事，是身教，用生命影响生命，你明白吗？"这是电影《可爱的你》中，"吕校长"在面对百万年薪的诱惑时，说出的一句掷地有声的话。而令我感动的是，这是一部由真人真事改编而成的电影，也就是说，这句话曾经被现实生活中的一名教师说过。

作为一名年轻的教师，我不知道我今日所做的事，会对学生的未来产生怎样的影响。但心中的愿望，总会悄然地影响我面对选择时做出的决定。我希望与我结缘的孩子们，能够在缺少陪伴，需要鼓励的童年，被我种下一粒烂漫人生的种子。

活出最好的自己

这些天，到公司里应聘的人渐渐多了起来。这种现象一点也不奇怪，每年一到毕业季，找工作就成了大学毕业生的头等大事。至今，我都还能清楚地记得，在春雨绵绵的季节里，我骑着自行车，四处去投递简历的那段经历。

那天是雨季中难得的一次好天气，我拿着一份印有招聘广告的报纸，来到了用人单位。

费时不久，我就找到了需要招人的广告部。登记之后，我在部门主任的办公室门外，安静地等候着面试。

然而，面试时主任直言："我们打算招个女孩子，你还是走吧。"我正要向他介绍我简历上的内容，猛然听到这么一句话，一时间不知如何是好，略略冷静些才走出他的办公室。

但我并没有立刻离开，而是照例观察了一下这家公司员工的整体风貌，总结自己面试失败的教训。为了更详细地了解企业的用人需求，我跟面善的接待人员攀谈起来。

然而，就在我转身准备离开时，我听到主任在办公区大声问："市区联通公司有谁在联络，跟我去一趟？"

　　我察觉到，机会就像一只飞在空中的气球，悄悄然地来到了我身边。午餐时候，忙碌了一个上午的员工们，一个个都疲惫不堪了。主任问完话，大家都老老实实地坐在自己的座位上。整个办公区，都陷入了尴尬的沉默中。也许是这个时候他们都不太愿意出勤，也许是真的没有人在联络。一位看上去像是中层管理干部的年轻人站起来回答："没有人联系过。"

　　主任听到回答，急急地喊上司机，准备独自出勤。他经过我身边的时候，我鼓起勇气走到他面前，轻声说道："那位经理姓包，我做学生社团业务时和他碰过面。"

　　他看到我，先是惊讶不语，稍稍停顿之后，像是记起了我，便说："你跟我去一趟。"

　　区联通公司一行十分顺利，比我暗暗忧虑的"包经理还认不认得我"的情况好得多。虽然我通过简短的自我介绍才引起他的回忆，但当主任与他的交谈开始之后，他却十分慷慨地赞扬了我几句。

　　告别时，包经理极随意地问我："你在广告部工作了？"

　　我正要回答他的问题，不料，我身边的主任顺口接道："他在我这儿上班。"

　　我心中明白，便含笑点点头，随他一道离开。

　　我的职业生涯就在这样一次机缘巧合中开始了。但我心里却一直惦记着，要找机会向那位包经理道个谢。完成联通公司的项目以后，我趁工作之便，找到包经理，当面向他道了谢。但他的一句话，却让我的心如触电一般颤动。

　　"小郑，你不必感谢我，我之所以成全你，不是为了让你记着我的恩情，而是为了让你活出最好的自己。如果你真的要感恩，那么就感恩你们主任，因为给你机会的人不是我，而是他。"

我是在许多年以后，才明白一个道理，在这个世界上，原来真的有人，为了成全别人肯委屈自己。

如今，我已经有了自己的公司。招聘季节，前来公司应聘的人络绎不绝。人事部门的同事们，往往会用专业的问题来考察应聘者，就连他们提供给我的候选人简历，也以经验和能力双优的人才居多。而我，总是在那一摞简历中，寻找出应届毕业生的简历，给他们提供机会，进入公司实习。

有同事对此疑惑不解，我告诉他，因为在我的经验里，相比经验和能力，一个人的积极态度，对工作而言更加有益。更重要的是，在一次普通的招聘面试过程中，机会对没有经验的年轻人来说，尤为可贵。

成全一个人，为了让他活出最好的自己。在这个飞速发展的时代，算不得多大的成就，但这样一个小小的善举，却能为我们的生活增添一份美好。

别轻易打开陌生的柜子

我二十四岁，在一家档案技术咨询服务公司担任区域经理，在这个新兴行业里，我幸运地获得了比大多数同龄人更快的发展。我曾经以为，这是我走运，选对了行业，把握了时机。但是今天下午，当我接到一位客户打来的投诉电话时，我才对我的职业道路，有了一次新的认识。

打来电话的这位客户，是一位年近五十的女性，如果她一开口就歇斯底里地叫骂，也许我会强忍着怒火，然后告诉项目上的同事们："更年期的女人，别理她。"但是她没让我这么做，电话里，她只是要对我提一个建议："告诉你的那些同事们，没经过我的允许，请别开我的柜子。"

我立即追查了事情的经过，原来该项目负责的同事，在这位客户不在办公室的情况下，私自从她的柜子里取出了一盒固体胶。"我们急着用，但到处都找不到她——"同事向我解释时，显得很委屈。我趁着在与客户沟通的过程中，思考了该如何处置这几位被投诉的同事。

这个有失礼貌的小错误，引发了我一段短小回忆。我七八岁时，邻居是一位九十多岁，鹤发仙颜的老中医。晴天里，老公公总会在家门口晒一些药香怡人的药丸子，而我，则每天经过他家门前，去聚会我的小玩伴。但我却发现老公公从不离开他的房子，就算在他家门口碰见他一次，也算是我作为邻居的绝对荣誉。不过他家大门却常开着，偶尔我也会朝里面望一眼，看到屋里一团漆黑，我便害怕黑暗中会跳出一个鬼来，于是不管是外出，还是回家，到了他家门口，我总是低着头快快地走。

有一天，他却拄着拐杖蹒跚走到我家门口，高兴地告诉我父母："你们家小男孩品行好，我外面晒的药丸，每个人经过时都要动一动它，有的还要抓走几粒，他却从不多看一眼。"老中医德高望重，我常常会在村头游戏时，被表情痛苦的病人们喊过去指路，从不曾想，他会特意为了表扬我一句，离开他的房子。母亲笑容满面地请老人家坐下，我却看见他叹息着"难得、难得"，又颤巍巍地回去了。为此，父亲几个月都没再打过我，而我却羞愧地担受了这莫大的荣誉，从此，即便想干一两件坏事，也再没有曾经的勇气。

如果老公公没有赞美过我，或许，我在童年时就不会懂得如何约束自己，在工作中也会犯下同事刚刚犯下的错误。我向客户表达了歉意，并承诺了今后规避类似的问题，但是我应该对该项目上的同事们做出处分。于是我和他们围在一起，要开口时，先提出了一个问题。

"在团队中，我们年龄相近，但是几位有没有思考过，为何我脱颖而出，做了区域经理？"几位同事摇摇头，我便接着说，"在之前我们做过的项目中，也曾遇见过亟须办公用品，却不能及时向客户申领的情况，我曾经是如何做的？"

一位同事迅速回忆起来，惊喜才要流露，又被她及时忍住，我问她时，她回答："你先打了电话，对方同意了你才去他柜子里拿的。"

"只是一声允许这么简单！须知人们对一次来电的厌恶，远不如对隐私遭到泄露的憎恨。"同事们迅速明白过来，而我却又想起荧幕中类似的场景。

某一部电影里就有过这样的情节，剧中人物在斑驳月影中心惊胆战地打开衣柜门，柜子里一具血流如注的尸体触目惊心地出现，开柜人因惊吓过度，慌乱中坠落窗外，而尸体倒地时，居然只是一个戴了假发的塑料模特。

　　由刘德华、周星驰主演的喜剧电影《整蛊专家》，故事一开始，就有一个情节令人捧腹：成奎安饰演的傻丈夫在整蛊专家的办公室里横冲直撞，气焰十分嚣张，但正是因他太过盲目，打开一扇门就要进去时，却不知门后面是几十层高的大厦外墙，推开门，一脚踏进去，他就站在了近百米的高空之中。

　　国外曾经流传过一份恶作剧的礼物，包装精美的礼品盒，打开时却会弹出一只弹簧拳头，重重地击中受礼人的鼻子。毫不思索，就打开一个陌生的柜子、一只神秘的盒子或者是一扇未知的门，可见不仅会犯人忌讳，也可能遭人陷害。

　　别轻易打开陌生的柜子，除非你经过思考，或有所准备。

我的善良和你期待的不一样

快餐店里吃过晚餐，意味着我一天的工作结束。回到租住的公寓时，虽然风大寒冷，但天还没黑，我索性就在楼下散起步来。

当我行近小区北端的花园时，突然听到一声犬吠，尖锐而急促。很明显，我这是闯入了一只狗的领地，而且我已经被发现，并得到了警告。

循声望去，我并没有发现那只狗。它藏在哪呢？等我绕过一排由茶花树簇成的灌木绿化带时，那小家伙正盘卧在一个浅草坑里望着我。见到是我，它才放松了警惕，在懒懒闭眼的过程中放松脊椎，耷拉耳朵，让下巴顺势托在草坑里睡了。

我们已经很熟悉了。虽然我搬来不久，但很快就认识了这只寄居在公寓里的流浪狗。起初我以为是哪位邻居养的，但却常常发现它觅求垃圾桶边的残羹冷炙。后来我有了"余粮"，就都倒在墙角，如果它觅食不得，沮丧折返时，兴许就能发现。

不出所料，它果然找来了这里。两三天后，我就发现它会很准时地在墙角等候。可是我始终没有收养它，不仅仅因为工作忙，更重要的是我和它一样也还处在"流浪"阶段。它从山中来，在一个高档公寓里找到了自己的位置，我戏称它为"流浪贵族"。

随着我的工作像闪电追雨似的忙碌起来，这位"流浪贵族"的生存问题就被我抛诸脑后了。直到今天，见到它在寒风中利用密集的灌木林和浅草坑来为自己做掩护，以躲避严寒，我不禁心生怜惜。"见其生，不忍见其死；闻其声，不忍食其肉。是以君子远庖厨也。"而不以君子自居的我，看到它在浅草坑里盘踞取暖的模样，竟然也感同身受地打了个冷战。

"找个纸箱给它吧！"我立即有了这个想法。可是我又犹豫了。即使纸箱能帮它御寒又怎样？明天一早就会被清洁工清理掉，甚至还有可能，它会因此被人发现，从而产生被驱逐出公寓的危险。"管它那么多，先让它暖和一晚再说！"许多善良的人，都会有这样感性的善意。

我离开了，回到我的小屋，为了我的耳朵不再受冻。"就这样不管了？"是的。无论能否得到帮助，流浪者都会在逆境中获得生存的本领。每一次面临险阻，并不一定都能得到帮助。而每一次走出困境，必定都要用上求生的技能。这使我联想起电影《天赐》的主创团队给观众讲述的故事。

仅有三名成员的拍片剧组，要在荒岛完成黑尾鸥的主题电影拍摄任务。任务较之一般的电影，难度最大之处在于，影片的主角黑尾鸥——一只自然界的海鸟，不会像专业演员一样给摄像师重拍的机会，所有的镜头都是意料之外的获得。

而当他们意外目睹一条毒蛇猎食幼鸟的全过程时，三位主创同时想到：是否要放弃拍摄营救幼鸟？随后，未经讨论的三人纷纷否定了这一想法。但三人否定的理由却各不相同。

摄像师认为："每一个镜头都是千载难逢的，我们历时七年，耗尽资产，为的就是拍一部保护鸟类的主题电影，决不能因小而失大啊。"

编剧则想："即使救下了这一次，下一次这只小鸥还会遇到同样的威胁；即使救下了这一只，毒蛇也会去袭击另一只。"

而沉着冷静的导演目光坚定。他想："救下这只鸟，蛇就会面临饥饿，自然万物是平等的，人不能因一己之喜恶违背自然的规律。"

许多人都会喜欢一个对事物具有深刻认识并能提出高明想法的人，但我认为三位的想法从不同角度诠释着生活的道理。

在恻隐之心萌动时，你能否保持清醒的认识，透过生活的显示器看出循环天理的端倪？这将决定你采取怎样的救济方式，是杯水车薪，尽力而为？还是痛定思痛，着眼长远呢？

当你在生活中遇到一些不忍直视的美丽的痛苦，想要伸出援手，却又心有余而力不足之时，不妨效仿先贤的训导——达，则兼济天下；穷，则独善其身。我期待你拥有理性的善良，只是请你一定不要忘记，在力所能及的范围内，报答自然，回馈社会。

那时候，我的确不曾留意

俊杰是我大学阶段相处的一位朋友。我们不仅是同学，还是同寝室的室友。但毕业以前，我竟然不知道他的人生境遇是那样艰难。

在大学里朝夕相处的几年，我所认识的俊杰是勤奋的、努力的，也是积极的、坚强的。同一个班级中，他学习踏实、认真、刻苦。同一个寝室里，他的作息规律、生活简朴。与同学相处，他很合群；与朋友相处，他十分低调。我从来没注意过，他身上有什么与众不同之处。

如果不是实习期间回到学校，我甚至不会知道他父亲去世的消息。

他的父亲，是因直肠癌医治无效去世的。都还没有到知天命的年纪，丢下俊杰兄弟俩就走了。而我是在那一天才知道，原来俊杰中学时，就已经没有了母亲。

我不知道该怎么安慰他。因为家庭环境和自身原因，他的弟弟早早地就放弃了受教育的机会，逃离了没有妈妈的家庭。这个"家"，实际上就只剩下他和他的姓名。

我把自己实习期间攒的钱，都从银行卡取出来给了他。虽然只有两千块，但他却感动得沉默不语。我后来很少跟他通电话，是因为接下来的日子里，我为了重新攒钱还学费而极尽可能地节省。也是因为，我不知道我该怎样给他安慰。

再次见到俊杰，是在室友的婚礼上。虽然只过了一年的时间，但是俊杰似乎没有因为生活的伤害，而成为不敢高飞的惊弓之鸟。相反，我看到的是豁达开朗的俊杰。

他比我早一天到达室友家。我到时，他正在帮忙迎客。从他主人翁的姿态，我看得出来，这次婚礼的准备工作，他没少参与。帮忙招呼好客人以后，他才到我们一桌入席。席间，他跟同学们聊专业课的知识，也聊他在工作中的新发现。就是没有听他说起，他是怎么样从"父母双亡"的悲痛之中，一步步走出来的。

我期待他说出一些心中的痛苦来，可是我又很希望，他在生活中能一直保持着坚强自信的模样。同学们纷纷离席时，他把我拉住。他给我添满了一杯酒，却给自己倒了三杯。我知道他想表达什么，就像他为新郎所做的那样。我没有制止他，而是被感情占了理性的先机，陪着他一饮而尽。

那一次离开以后，我有两三年的时间没有见到他。但我看到他生活得很好，便有了与他频繁联系的勇气。

这两三年里，我得知他成为同学之中第一个考取一级建造师的人，也知道他把弟弟找回了家，带在身边做事。我还从他口中得知，他每个季度都会回家一次，去走走亲戚。他在一家建筑公司里，工作了多年，公司老板借钱给他付了房款的首付。

他结婚时，我比别人早到两天。我和他弟弟一起布置他的新房时，满屋子都被我们贴上了红色喜字。他告诉我，门窗贴好就行了。我却任性起来，把他家的墙壁、床头、沙发，甚至插座和开关都贴满了。我看着自己的成果，看着那些鲜红的颜色，我突然想到了血，想到了他的伤口。我看着那殷红渐变，成了黑色的结痂。我看见他变成了一只孤雁，在一朵乌云底下，颤抖着挥动受伤的翅膀，风雨兼程，飞出云影，飞进光束中，雁群的队伍中间。

我记得入学报道那一年，父亲陪我找寝室，他从宿舍里出来，告诉我，207 在这里！那时候，我的确不曾留意，他的身体里有一个不屈的灵魂。

把礼物还给天使

工作中，挨了一顿没来由的批评，我很恼火，但对方是我公司服务对象的重要领导，而且没给我们任何辩白的时间，就在人群的簇拥中离开了我的办公室。因此，我和我的团队都手足无措。整个下午，我都显得很消沉。

拿出整改方案以后，天已经黑了。下班途中，我一路盘算着如何让他消除误解，改变他对我们团队的看法。

我一路思索着，就这样穿过马路，经过商场，走近小区迎街的店铺……忽然，一枝幸福树的枝叶被人伸到我面前。

我惊讶伫立，原来是一个七八岁的女孩子。看到她的玩伴，是两个男孩子，我就明白这位短头发的女孩是多么的活泼可爱。她举起手中的枝叶，毫无惧色地对我说："给你！"

我笑了。接过这枝绿色的枝叶，立即联想到，小区门岗后面，就有一个与它同样颜色的垃圾桶。我准备在那里丢下它。

"别扔掉，带回去给你的孩子！"她像是能读出我内心的想法似的，能够从我未完全绽放开的笑容看出我的计划。

有那么一个瞬间，我听不见她的话，听不见路上汽车可能按过的喇叭。我猛然间想起，当她送我这枝幸福树叶时，她和她的礼物，吸引了我全部的注意力。而萦绕我一整个下午的烦恼，也是在那一刻被我忘记。

我答应她："不会丢的！"而我丢了郁积了一下午的心情。

回到房间，我认真地看着这枝树叶，羽毛一般的叶片，恰好拼成一只翅膀的形状。它像是被天使注入了魔法，我盯着它看着，它却将我带入了《七色花》的传奇故事中去。

小女孩珍妮因为买面包圈的机遇，偶然获得了一朵七色花。送给她七色花的老婆婆，告诉她使用七色花的方法。于是珍妮用了一片花瓣找到了回家的路，又用一片花瓣复原了摔碎的花瓶。然后与小伙伴赌气，她用一片花瓣飞到了北极。在北极遇到危险，浪费了一片花瓣才帮助她逃离。

她想用剩下的花瓣实现自己的愿望，所以她要了好多好多的玩具。但她要的玩具实在太多了，堆满了院子，挤满了街道，甚至惊动了警察，她要的玩具还在源源不断地冒出来。她不得不再用一片花瓣让一切都恢复原样。但这时候，她手里的七色花，已经用掉了六片花瓣了，可她却没有因此获得一点儿快乐。只剩下最后一片花瓣了，她想不能再浪费了它。

珍妮开始思考要用最后一片花瓣做些什么，她的小脑袋里产生了很多的想法，但她却还是舍不得用掉它。珍妮带着烦恼坐在院子里的台阶上，忽然，她看到了马路对面的男孩子，也和她一样坐在自家院子里的台阶上。

那是一个跛脚的男孩子，珍妮一直想邀请他一起玩，但他却因为不能奔跑自卑地拒绝了她的邀请。

珍妮决定用这最后一片花瓣，让这位男孩子变得健康。她撕下花瓣的那一刹那，男孩子感觉到了身体的变化。他慢慢地站了起来，蹒跚地走出了院子，而后，他沿着马路奔跑起来。他越跑越快，珍妮用尽全力，也没有赶上他。但珍妮心里却感受到了从来没有过得快乐。

　　这是苏联作家卡达耶夫的童话故事，我几乎已经忘记了自己曾经读过这个故事。如果不是这翅膀形状的枝叶触动了我，我就会沉沦在烦闷中，忘记找到快乐的方法。

　　这枝幸福树叶，没有帮我实现愿望的魔法，但它让我获得了片刻的休息。它制造了一个宁静的夜晚和一份愉悦的心情。

　　我在仙人球的花盆里——我房间里唯一的土壤中，插入了这枝树叶。我种下这枝树叶，期待它枯黄、腐烂时，替我将这礼物归还给天使。

给弱者让道

周五同事生日，同事们相约为她庆祝。不料一下班，就赶上了一阵瓢泼大雨。为了不扫兴，大伙叫了一辆出租车，一同赴宴。

车窗上水流如注，透过玻璃往外看，一路掠过的霓虹灯盏，仿佛洗衣机的滚筒里挣扎翻滚的衣物。挡风玻璃上，雨刮器循环往复，方能为我们急切不安的视线开辟出一条道路。

因为正值下班高峰期，又碰巧老天爷高兴，毫不吝惜地往下泼水，出租车师傅为求一条捷径，把车拐进了一条小巷子里，企图穿巷而过。

进了巷子才发现，许多车主都走了这条捷径，可是巷窄车多，凭你再心急，也只得一辆一辆地通过。

巷端的出口是一处陡坡，这时，它也已经在我们的视线范围之内了。司机小心谨慎，始终与前面一辆私家车保持着车距，等它上了坡，我们也就能成功"穿越"了。眼看着它要爬坡了，不巧，一辆脚踏三轮车蹒跚滑下坡来。私家车主连连按响喇叭，那响声，让雨珠也心烦意乱。三轮车夫急忙跳下车，我看清了，是一位与我母亲年纪相仿的阿姨，车后座上，坐的是两个足有三百斤的青年男子。

只见她右手握紧车龙头，左臂夹紧车座，双脚立地，腿往前撑，背往后弓，奋力向上，一点点，一寸寸地往后挪。头发湿成雨水导管的时候，车子终于被她推上坡去。可如果私家车主倒一倒车，就没那么麻烦了，踩刹车、挂倒挡，瞧，多简单！

但他没那么做，咱也不去理论，如若各位不嫌弃，姑且同我帮这位阿姨算计算计。

她的这一趟生意，算撑了也不过二十元。车子保养和恢复体力不算，假如因这遭雨淋病了，总得买些药吃。在农村医疗保险是交了的。倘若为了省这药钱，坐一趟长途车跑回家乡去治病，得不偿失。

如果不淋到雨就好了，病不来，钱还可以存起来。车上那俩青年若下了车，不必那么费劲，或许就淋不着了。我在附近，如果上去帮帮忙，至少也不会淋得这么惨。可是他们没有动，我也并没有这么做。

还记得博爱天下，将自己仅剩的十九元生活费用塞进"救助汶川"的爱心捐赠箱；还记得年少天真，宁可对行骗者诉说的故事信以为真，也不忍眼睁睁地看着一个婴儿食不果腹；还记得心怀善愿，默默地为一位乞者祝福，为一位哀者流泪……

可是一个人的善良，在世态炎凉的环境中，犹如一只溺水的活物，无法呼吸。一个人的善行，在麻木不仁的现实里，好比嘈杂声里一曲清唱，柔弱无力。蔑视的眼神，发射于一颗无情的心。怜悯的目光，透过的是善良的愿望。一个人无法老及天下之老，幼及天下之幼，但是有足够的能力在"狭路相逢"处，为弱者让道。

改变陋习需要努力多久

曾经有个不好的习惯，我改正它花了至少五年的时间。

那是一个明显的性格弱点，在生活中有很多种表现，总结起来却只需要两个字就能概括——迁怒。解释这两个字就更简单，只需要一个动宾短语——推卸责任。揭穿了讲就是"嫁祸他人"。

小时候被我迁怒的受害者总是妹妹。我不是那种爱打小报告的人，然而我犯了错或者有什么事没做好，就一定会将导致这种错误的原因归咎到妹妹身上。

"就是你，不是你就不会这样！"

当我经历了一场失意的考试以后，我便躲在家里的小阁楼上，度过了一个暑假，这期间我尽情地纵容心中的文字冲动，涂涂画画写起小说来，虽然最终没有什么结果，但毕竟动了脑筋，便想起了未来的自己和曾经的过错。

从这个时候起，我决心做一个君子一般的人物。做坦坦荡荡的君子，首先要有好的品德。"仁义礼智信"，做君子的标准就是几个字，但我也明白，要实践起来，却是一件件小事，是一次次内心深处对思维和行为的提醒。

然而，要做到这些还不算困难，最难的，是克服多年的积习。坏情绪转移，就是其中之一。

少年时，我受到了严格的管教，生活得很压抑。也许就是这样的环境，催生了我逃避责任的心理恶习。委屈时，会将自己的不平遭遇，施加在弱小的人和动物身上，自己受到了一份责备，泄愤时一定要将缺失的那九份加上。如此，非但不能散发心中怨气，反而造成了更多的不如意。心头的包袱总让好事难成，甚至专心在玩的游戏也会受到蛙鸣困扰，或者爬虫的袭击。

知错就改利用的就是它的时效性。错误才发生，经过心理强化及时改正，便避免了恶习的产生。知错能改往往需要更大的勇气和更多的毅力。改正根深的陋习，比清洗保温瓶内壁的污垢更不容易。

留守的生活给了我塑造自己人生的机会。学校里，我可以选择志同道合的朋友，可以练习文明的说话方式。家庭中，我尝试担起重任，努力成为妹妹的依靠，成为同样留守的祖母的帮衬。

很快，我的这些行为得到了较好的反馈。舒畅的心情帮助我塑造了美好的青春期。主动送还的五角零钱，让我获得了校门外小店老板的赞许和长达三年的饮食照顾。温文尔雅的形象使我受到语文老师的偏爱，在个人档案袋里的评语中，他毫不吝啬地写下了"儒雅"一词。而这时候我那迁怒别人的"病瘾"，也已久久未曾发作。这为我后来完全克服它做足了准备。

再后来，我几乎忘却了它，似乎再也不受它的困扰了。与之对应的良好的人格习惯的建立——谦和内敛，不愠不嗔，也在不知不觉中，成为我在别人心海岸踩下的鞋印。历经多年的心理斗争，都只是在和一个性格缺点抗争，它仿佛一位剑术高明的剑客，想刺中它很不容易，但当我准备好了跟它决斗时，才发现已经修炼了自己。

一位建筑工人，将《菜根谭》中的智慧语言，摘录在他自己的QQ签名上，"觉人之诈，不形于言。受人之侮，不动于色。此中有无穷意味，亦有无穷受用"。我常常上线去看他的这句签名，尤其是在阅历了生活中的一些富含人格魅力的事之后，品读它，犹如闻着慧心禅语饮苦丁茶。

被世俗误解

傍晚，我和朋友在一家环境不错的小餐馆用餐。谈笑间，我忽然听见，店家的小狗狂叫了起来。这只小狗乖巧可爱，平常我们来这里吃饭，总能见到它在客人们脚边觅食，很讨人喜欢。今天这是怎么了？

我循声望去，只见它朝着店门口猛吠。与此同时，后肢微曲，前肢伸直，做出了踊跃一击的准备姿势。我再往门口看时，推门进来的那位老大爷，已经尴尬不堪，不知所措了。

大爷身材粗犷，头上戴着鸭舌帽，身上套着棉大衣，装束怪异。这也难怪这只素日温驯的小狗如此不敬了。餐厅里来往的客人，多是衣着整洁的都市白领，忽然见到这位"怪物"大爷，小狗自然会狂吠警示。

此情此景，让我迅速联想起电影《人在囧途》中的一个片段：大老板李成功与农民工牛耿，为了争一个座位在车厢里发生争执，这时过来一名乘警，见此情形，便不由分说地拉牛耿下车。

初次观影时，我只是会心一笑，为导演安排这一情节暗暗叫好。后来反复思量，才渐渐体会导演的良苦用心。

那位乘警处事果断，应该是岗位上经验老到的师傅了。但在这位老乘警的经验里，买黄牛票的肯定就是衣着狼狈的农民工，想想那衣着大方的成功人士，会干这种丑事吗？

可是故事的结局，却是李老板买了黄牛票。不得不说，老乘警对待农民工的方式，带有世俗的误解。

我还经历过一件与此类似的事情。一次因公外出，在候车厅里候车的一段时间里，我目睹了一次安检风波。

一位衣着时尚的年轻女士，在过安检门的时候，因手提袋中携带有蓄电池而被拦下。

女士脸上立即阳光灿烂，嬉笑着对安检员赔不是："哎呀，真不知道这个不能带，你看看，这都还没拆封——新的呢。"

见她这般识趣，安检员只得警告她下次不准带了，便不再为难。

随后扛着各色大、小包裹的一行五人，也在安检门边被拦下。安检员检测出他们的行李中携带有违禁金属物品，要求他们打开包裹接受检查。

我远远望去，可以清晰地看到，他们的蛇皮袋中，锅碗瓢盆、刀叉器皿林立。一看就知道是农民工迁徙了，少不得要带点吃饭的家伙。但是安检员工作仔细，敬业负责，打开就打开吧！

这一查还真就有问题，安检员从他们的行李中找到了锯、刨、凿子等锋利的金属工具。虽然都已经用纸套包好，但这些东西带上车，仍然存在安全隐患。

"这些东西不能带上车！"

听到这话，五人都急了，其中一名男子大动肝火："凭什么不让带——我就带给你看看！"

一言既出，便硝烟滚滚。

由这些工具，便可判断这五个人的职业——干木匠活儿的。我老家的二伯就是一位木匠。记得我小时候玩的手枪、宝刀，都是出自他的手艺。我还记得曾经和堂弟一起藏过他的斧子，害得他为寻不着自己使惯了的工具而烦恼。

看见这些可亲的木匠们和安检员争吵，我心中自然会偏袒些。只希望他们能快点结束争吵，更希望他们能如愿带上自己使惯了的工具，还希望有朝一日，他们能在奔波的路上学会忍耐，学会遵守规则。

在朋友圈里，我们总是能看到一些斥责社会偏见的图文。然而看得多了，就会发现一个惊人的现实。那就是每一件看似不公平的事件，都有一个被世俗误解的开端，但事件的发展，却往往是由被误解的人，把它推向了变坏的方向。

"为什么会这样呢？"我心里充满了疑惑。

但当老大爷走进餐馆，沿着餐桌编号挨个儿讨钱的时候，我忽然明白了过来。

我的父母，有过多年进城务工的经历。读书的时候，我听到父母叙述在外务工时所受的委屈，会认为他们是被人欺负。工作以后，当我结合生活实际和记忆中父母叙述的故事进行对比时，就会发现：他们在放大了内心痛苦的同时，没有决心要坚强，反而选择了对抗情绪。

于是我常常这样劝慰他们："虽然总被世俗误解，但这不能成为我们违反规则的理由。在世俗的误解面前，大度的微笑，能够使我们释然。而对抗的情绪，却于事无补。"

最好的安慰

上午第一节课还没下课，合伙人就闯进我的办公室，一脸严肃地说："你快去劝劝周老师，她在教师办公室里哭起来了。"

服务教师和学生，处理他们工作和学习中产生的心理问题，是我分内的工作。面对这种突发状况，我冷静地问他："什么原因？"

"她说，她的一位好朋友，刚刚去世了。"

我进入教育服务行业也快十年了。这十年里，我帮助过玩物丧志的学生找到人生的目标，也帮助过绝望无助的家长与叛逆的孩子建立沟通，还帮助过委屈压抑的教师寻回丢失了的使命和尊严。但在生与死的问题面前，我发现，我什么都做不了。

但我还是找到了周老师。她看上去，比我担心的情况要好。

我问她："周老师，你方便出来一下吗？"

她没有回答我，但却跟我来到了咨询室。

"我听说了你好朋友的事。"我尝试着找到一个展开话题的切入口。

"我正好回办公室拿学生的作业本，就看到她的电话……我一接电话，听到她妈妈的声音，我就知道不好了……"她已经不哭泣了，但她还是无法正常地表达。

周老师入职的第一个月，就向学校请过假。当时她请假的缘由，是要去省立医院探望病人。学校没给批，理由是她请假，会耽误学生的课程进度。

她没有放弃，再一次递上请假条，并且说明了实情。那一次，学校的同事们开始知道，周老师有一个从小一起长大的朋友，患上了白血病，正在省立医院等待能够成功配型的骨髓。

她请假成功了，并且之后当她再次请假时，学校里同一学科的同事，都会主动提出替她代课。

我试着运用专业技能来安慰她，帮助她走出困惑。但是一想到她刚刚接到噩耗，我也就不知道该怎么帮助她平复心情。好在她努力克制住悲伤的情绪，跟我说："我知道我这时候应该怎么做，我也知道等过了好久以后，我就不会再这样伤心了，我甚至有可能会忘记她，我明白这些，可我现在做不到——我现在做不到不为她难过。"

她的话提醒了我，一位95后的年轻姑娘，生命正像暖春的花儿一样绽放着，忽然就被暴雨狂风摧残落地，怎能不叫人惋惜？在人生中这样的时刻，人的思维逻辑虽然不会混乱，但澎湃的感情，却无法迅速获得平静。

我想，我何不放弃劝阻她哭泣的想法，尊重她宣泄情感的做法？让她在生活的黑暗里，主动寻觅光明的缝隙。那样，她才能走出伤心的苦海，逐渐树立起对新生活的信心。

周老师没有打断我的思考，但她做出了自己的决定，她说："我还有课，上完这节课，我得请个假。"

送她回到教室，我听到学生们迅速安静下来。像这些孩子们一样，生活的课堂中，我们每一堂课都能获得一次全新的认知。无论科技发展到什么样的程度，都改变不了人类生老病死的自然规律。我从业的经验会不断累积，然而，无论我的专业技能水平多么高超，我都无法过问内心，直接去治愈心灵。在悲伤面前，最好的安慰就是等她哭完。

朝着背影送祝福

少年时，我热衷于记者这个职业。每有机会接触到电视机，我都会看《新闻联播》。夜里七点，是我认识世界，接触文明，了解科技的时刻。但是也会有一些新闻镜头，使我莫名地感动。

我记得在一则关于日本经济的新闻报道中，央视记者取了沿街的街景，作为实地采访的画面。时间应该是在 2001 年前后，地点是日本东京的某个十字路口，天上下着淅淅沥沥的小雨。赶着过马路的东京民众当中，有一对小情侣同撑一把伞，相依着走过斑马线。一名中年男人与他们相向而行，擦肩而过时，男人停下脚步，转身对着小情侣深鞠一躬，而后他又转过身，朝着斑马线那头的绿灯走去。这对小情侣丝毫没有察觉到，就在他们身后，有一位擦肩而过的陌生人，默默地献给他们祝福。

那位记者，善于捕捉生活的细节。他把镜头对准十字街口的脚步，就能拍到当时当地的人们，最真实的生活痕迹。而人们内心的善意，就藏在朝着背影送祝福这样的生活痕迹之中。

我在此后的近二十年中，总是会在十字路口停下来看街景。我从来没有细想过，这个看似不经意的举动，是从什么时候开始的。等我想到时，才知道我并不是喜欢街景，而是期待着生活里的暖心一幕。

俄罗斯的一个交通监控，拍到过一个温馨的画面。一名驾车的男子，在路口等着红绿灯。他看到车前的斑马线上，一位购物回家的年轻妈妈，在过马路时，将婴儿车遗落在马路中间。他迅速下车，跑过去抓住正在往后滑行的婴儿车，把孩子归还到妈妈手中后，他又匆匆离开。那个街口红灯再次变绿灯，路面上也只剩下了车来车往。

这个短视频在网络上流传很广，我在中国看到它，已经是一个月以后的事了。但我看到这一幕时，仿佛身临其境一般，仍然感动了一晚。

这样的大爱与善良，在我们国家人民的生活中，也越来越多地被媒体挖掘出来。

2018 年 8 月，浙江永嘉一位民警在执勤途中，发现一位不满五岁的小孩，独自一个人沿着路边行走。出于基本的职业素养，民警赶紧停下车，上前询问情况。

"你要去哪里？你怎么一个人？上车我送你去。"

也许是出于良好的家庭教育，也许是因为孩子受到了惊吓。对民警的好意，孩子心怀芥蒂，不肯坐上警车。无奈之下，民警只好开着警车，跟在孩子身后，一路默默地护送。

这件小事成了许多媒体争相报道的新闻。面对媒体的采访，不善言辞的民警道出了初心："看到这个小孩一个人在国道边行走，我有点不放心。"

只是有点不放心，就能避免一个无辜的孩子与亲人失散。这样的人民警察，不正是人民需要的吗？

我接触过很多善良的人，他们有的羞于表达，有的缺乏特立独行的勇气，但他们并没有因此而不愿为善。我在西湖边的公园里，目睹过一件小事发生。一群学生游湖览胜，遇见一位卖花的人。男生抵不住卖花人的销售攻势，买下了一朵玫瑰花。他把花送给了扫街的女环卫工人。她难为情地笑着，脸红得像两片花瓣。

一个人，不管是从事普通的职业，还是拥有较高的社会地位，只要他内心里还保留着对人的善意和对事耐心，就会拥有感动别人的能力。这种能力，我们无法从他人处获得，它在我们每个人的内心里天然存在。只是在我们平凡的生活中，在我们漫长的人生里，有些人错误地理解了竞争，从而丢失了这种能力。而有些人始终携带初心，在生命的行程中，愿意奉献于他人。这种能力并没有因为无私的奉献而消耗殆尽，相反，却在不断赠予的过程中，点点滴滴地蓄力，充盈在一个人的生命里。

走近周星驰

有关周星驰的负面报道，正渐渐地被人淡忘，就像这位"白发苍苍"的艺术家被人遗忘一样。但他的影视作品，却依然活跃在各大网站的喜剧栏目。作为他的忠实影迷，我更是在自己的电脑中准备了一个名为"周星驰"的文件夹，收藏他的影视作品。

听到有关周先生的第一条负面报道，就是他患有抑郁症的消息。像我这样，从他的表演中得到欢笑的观众，都会替他难过："他是否因给了观众太多的欢乐，而让忧愁有机可乘？将欢乐奉献的代价，是无人理解的闷闷不乐。"

正是因为有了这个想法，我在心里又给这位艺术家加分了。一个演员，在银幕上滑稽表演，而在生活中，在自己的内心里却冷漠孤独。这，不正是艺术家对表演艺术的狂热表达和对生活的无所适从而形成的强烈反差吗？

不能认同我观点的读者，可能会比认同我的人多。就像我这一代人，疯狂地迷恋周星驰的"悲喜交加"的表达，而依然会有人批评他"无厘头"的表演一样。他自己曾对"无厘头"做过解释。在电影《逃学威龙2》中，扮演卧底的星哥与朱茵在剧中初次相遇时，星哥对《浪》这本小说进行了简略评论，并且获得小跟班的崇拜："想不到你的文学素养这么高啊，星哥。"

"当然"

"可为什么那些人还说你无厘头呢？"

"是呀，我也不知道。"

不知道这次解释有没有消除人们的误解，但我观察到，并没有更多的人因此理解他。相反，他自己对"无厘头"的表演，似乎有了更深刻的认识。他不再介意外界的评论，而是更执着地追求自己的表演方式。在《喜剧之王》中，他把这个信息透露给了大家。追求电影梦想的尹天仇，在卧室的墙上贴满了明星大腕的照片，而在这些照片的中央位置挂着一面镜子，当尹天仇在镜中端详自己的时候，照出来的不就是一个人飘飘然的自我满足和沉甸甸的梦想吗？在影片结尾，尹天仇说："其实我对演戏也没什么才华，我还是当观众好一点。"这难道不是周星驰站在观众角度思考过的痕迹吗？

无厘头，在广东人看来，是对一个做事、说话都令人难以理解，表现粗俗随意的人再好不过的评价。与其说无厘头是周星驰的表演特点，不如试问他这样表演到底想要表达什么？

看电影《鹿鼎记》中韦小宝与陈近南在天地会总舵的那段对白。

陈：读过书明事理的人，大多数已经在清廷里面当官了。所以如果我们要对抗清廷，就要用一些蠢一点的人。对付那些蠢人，就绝不可以跟他们说真话，必须要用宗教形式来催眠他们，使他们觉得所做的事情都是对的。所以反清复明只不过是一句口号，跟阿弥陀佛其实是一样的。清朝一直欺压我们汉人，抢走我们的银两跟女人，所以我们要反清。

韦：要反清抢回我们的钱跟女人，是不是？至于复不复明根本就是脱了裤子放屁——多此一举。

也许只有无厘头的表演，才能让观众看明白，导演和编剧是在历史的话题上，暗讽野心家的自私心理。

再看《大话西游》中唐僧的一段台词：姐姐，这是你的不对了，悟空他要吃我，只不过是一个构思，还没有成为事实，你又没有证据，他又何罪之有呢？不如等他吃了我之后，你有凭有据再定他的罪也不迟。

如果看到这儿的时候您笑了，那么能再耗上四分之一炷香的时间，就这段台词思考一下生活吗？

等悟空吃了唐僧，证据确凿，他也休想抵赖了。但证据确凿的前提，是搭上唐僧一条命。那么法律到底是用来做什么的呢？是惩治罪恶，还是以其威慑力避免罪行发生？虽然罪犯受到惩罚，但受害者还不是照样要承受一辈子的痛苦吗？如果你看这电影时扪心自问了，你是否会意识到，是"无厘头"的表演，引导你进行的思考？

诸如此类，在无厘头的表演中，启发观众探索人性差异，提高思想认识的细节数之不尽。比如《武状元苏乞儿》中"奉旨乞食"的金钵，《九品芝麻官》中改变命运的龙内裤，《国产凌凌漆》里专杀畜生的杀猪刀，无一不是艺术思考的产物。虽然这些不仅仅是表演艺术家的功劳，但最顶级的设计师、最超凡的作品，也需要最优秀的模特来演绎。

因此，对周先生的表演艺术，或褒扬，或贬斥，不过是观众在观看表演时，选择了"欣赏"或"挑剔"两种不同的观赏态度而已。

第三辑　幸福半透明

幸福半透明

我乘坐的公交到了中转站，下车的乘客一哄而散，要上车的也蜂拥进入车厢，接下来，司机应该关上车门，一如往昔，争抢上班高峰的交通间隙。

然而今天他没有这么做。我心里开始着急，因为我租住在市郊，每天上班需要转两趟公交才能准时到达公司。如果这一趟白白耽误了时间，那么我未必能如愿赶上即将转乘的公交班次了。

"瞎耽误什么？"我愤愤地想。

就在我一面责怨司机师傅，一面透过车窗前顾后盼的时候，看见了公交车后方令人动容的一幕。

一对七十岁左右的老人，正在"追赶"这趟公交。男的走在前面，一只手向前不断地招呼着，另一只手在身后，手里紧紧牵着他的老伴——一个腿脚不便的老妇人。老先生招呼车子时神色匆忙，脚步却总也不加快，这样，被他牵在手里的老伴就不至于赶不上他了。老太太每挪一步，老先生也不必回头，就能准确地迈出不大不小的步幅。不到百米的距离，两位老人却"追赶"了近两分钟。

当他们走近车门的时候，靠近门口的乘客们赶紧去搀扶老太太。可他们的搀扶似乎让她感到不安，老太太躲开他们，手里却紧紧抓着老先生的手不松开。这时，我们才发现这位老人不仅腿脚不便，眼睛也看不见。

车上的乘客自觉让出座位来，但奇怪的是老太太怎么也不肯坐下，而抓着她先生的手无论如何也不肯放。也许她顽固地认为，她看不见的座位像陌生人的搀扶一样不够安全，走不动，只要老头子陪着就不急，看不见，有老头子牵着就有路。在她眼里，看不见社会的瞬息万变，不管她走得多慢，只要手心里那熟悉的温度和纹路还在，她的全部世界就都在。在她心中，没有人间的善和美，任何一次陌生的触碰，都会让她心生猜忌，但只要老伴的手不曾放开，她的心就还安全。

这让我记起，求学期间，每晚去自习室的路上，碰见的那对散步的老人。老先生每次都是双手背在身后，老太太则伸出一只手拉住他。每天傍晚，他们都会从教学楼后面的一颗梧桐树下经过，我也总是在那里碰见他们。

渐渐地我发现一个极有趣的现象：每一次，他们行走的步调都惊人的一致，老先生左脚跨出一小步，老太太也同时跨出左脚，再换脚，也还是整齐的，甚至落地都是一个完美配合的展现。

当初少不更事，只觉得有趣，而今看见这一对夫妇，才猛然觉出"执子之手，与子偕老"的滋味来。在别人眼中看似有趣的整齐，虽然是漫不经心的一抬脚，一落地，却是相携一生共同走出来的默契……

车子缓缓地发动起来，在都市里平淡无奇的一个早晨，为一向奔忙的程式化生活，做了一次短暂的缓冲。在为创造美好生活的上班途中，遇见一份感动，仿佛是在刷牙后，吃了一个酸涩的果子，心一惊，眼睁大，看见了时隐时现的半透明的幸福。

幸福是半透明的，散落在生活之中，往往瞪圆了眼珠子，仔仔细细地却发现不了，而在内心柔弱的一瞬间，不料却能感觉到。

时光一去不复返，也好

　　与久别的两位同学视频聊天，聊着聊着，哥几个忆苦思甜，回味起一起发奋读书的日子。

　　中学时，在镇上学校里寄宿。每晚自习课后，三五好友，于人潮中自成一簇。从教学楼到学生宿舍，短暂的一段路，哥几个欢声笑语。有时候借着月光照路，我们总喜欢挨近校园内的荷塘。虽然荷塘里只有零星的几片荷叶，但那时那刻，情境悠然，恰如苏轼承天寺与张怀民夜游，"何夜无月？何处无松柏？但少闲人如吾两人"而已。

　　迎考那年，深冬寒夜，自习课后，教学楼熄了灯，我们没有随人潮进宿舍楼，而是自发地来到了综合教室，继续读书做题。午夜时分，当我们从综合教室出来的时候，校园里、路面上，已经铺满了一层"雪毯"。

　　我很留恋那场雪景，但为了不影响第二天的听课质量，我还是三步并作两步，快速走回了宿舍。爬上床铺，脱衣躺下，头一贴着枕头，我就沉沉睡去。

　　只是那一夜的雪景难以再会，而那时那刻诗一般的意境，在心里悠然而升，倏然而逝，甚是可惜。

可是随着时间慢慢延续，生活徐徐变化，我对那些美好回忆的看法，发生了一些转变。

哥几个都是文艺范儿，对那种被名家描写过的月光、荷塘的景象，格外亲切。虽然再也没有机会一起回到那个夜晚，但比那晚更加皎洁的月光，比那校园里更静谧的荷塘，依然有机会遇见。尤其是闲适的心情，更加丰富的阅历和底蕴情操，综合在一起，足以胜过当时美好的情境。

至于那些美好的时光，一去不复返就一去不复返吧。人生向前，充满希望的心情，总比追忆曾经而引起的哀婉叹息要好得多。

于是我提议，这个元旦假期相聚于西湖，以弥补曾经错失的美好时光。

虽然冬天的西湖，已经不是赏荷的良期，但千里烟波，浩渺如仙山圣境。元月一日午后，我们正绕到断桥边，天空中忽然飘雪。

我兴奋起来，趁游人忙着拍照，无暇赏景的间隙，我走下桥，吟诵着："唯天地之清风，与湖面之飞雪，'取之无禁，用之不竭'。"

哥几个笑而不答，我看得出来，有人在回忆我们青春里，一起经历过的飞雪冬夜。然而，那就像忙于拍照的游客，在最美的景色里，没能沉醉其中，却要在久后追思：这一张，是某年某日，在西湖拍下的断桥残雪的场景。

那些惊艳了心灵的时光，无论怎样挽留，终究会流逝，我只是这样劝告我的朋友们：那些时光一去不复返，也好！因为今后的生活中，你还能遇见比那更美好的光景。那时候有更好的景，更好的事，更好的人，需要你准备着更乐观的心态和更合时宜的心情。

在不幸中一天比一天幸运

钟葉，一个细腻而又柔韧的女人。青春年少的时候，她沉浸在身家千万的帅气小伙高松献给她的浓浓爱意里。本该幸福美满的人生，却还没来得及细细品味，就被生活的一个喷嚏，惊扰得了无踪迹。

男友高松少年得志，上过春晚，誉满歌坛。除此之外，他还经营着六家公司。所谓春风得意正当时，大概说的就是他的这种际遇。

可是危机来时，总是风驰电掣，当高松意识到自己不善经营时，他的企业已经病入膏肓，无药可救了。随着执法机关介入调查，他也不得不接受"限制人身自由，配合经济调查"的现实。

一时间，曾经帅气而又富有的他，不仅变得一无所有，而且有可能会因经济问题锒铛入狱。

"我该怎么办呢？"平凡的女子面对这突如其来的挫折，想必难以做出同甘苦共患难的抉择。但是钟葉心一横，在苦难气势如虹奔袭而来的紧要关头，选择了坚守。

许多年后，媒体提问她："那个时候，你内心的真实感受是什么样的？"

她说："我放心不下他，我怕他往坏里想。"

朴实无华的一句话。在苦难关口，她不像弃甲逃亡的士兵和献关归降的将领。平淡生活突然到了紧要关头，她不是像多数人那样想着"我该怎么办"，而是从心里、眼里都不顾及自己的感受，只是一心想着一无所有的"他"，现在最需要什么？

毫无疑问，他需要她。虽然他撵她走，不想连累她，但如果她真的走了，就是带走了他最后的希望。

但她义无反顾地选择了留下来陪他，与他一起重建生活，为他梳理一夜熬白的头发……

直到十多年后，当电视台举办首届中国城市音乐达人秀的机会到来，她又悄悄替他解开束缚梦想之翼的绳子，坐在万千观众之中，看他在舞台上重新展梦飞翔。

而他也不负所望，让万千观众记住了高逸峰这个新名字，更让人们见证了一个涅槃重生的奇迹。当人们为他的勇气和坚毅鼓掌时，他却给大家引见了，在他背后坚守住苦难关口，重塑他人生的女人——妻子钟棠！

如果说钟棠的故事值得称赞，那么下面这位女士也可能会感动到你。

何涛卫校刚毕业，就和一个来上海打拼的小伙子恋爱了。热恋如火自不必多说，幸福就在一个平淡的下午被打破。

何涛一如往常等待着男友下班以后回到他们的小窝，可是等到人饿了，饭凉了也不见他的人影。她恼火地拨通他的电话，准备给他一顿臭骂。电话接通了，但他没被骂着，她却得到了他发生车祸并且正在医院抢救的消息。

她匆忙赶去医院，他已经被救活了，但因伤势严重做了截肢手术。

她把男友送回家乡，但她却没有丢下他就走。而是从此抛开城市的生活方式，开始了新生活的学习。

在贫困潦倒的生活中，她噙着泪水下定决心，就算砸锅卖铁也要为男友继续治疗。而那时，他还只是她的男友，为了不耽误她的大好青春，他始终不同意和她结婚。因为他觉得，这对她而言极不公平，她正走到青春的当口，就要背着他，负重绕到了青春尽头。

数不尽的艰辛，像是生活的茶垢，凝结在她的双手。而这双手由白变黑，由细变粗的过程中，苦难也在生活的瓮中腌制成为了幸福。

在何涛的悉心照料之下，他逐渐好转。2008 年何涛对男友不离不弃的感人事迹被媒体曝光，她也因此获得了"中国好人"的荣誉称号。在面对记者"有何人生感言"的提问时，何涛笑着告诉大家："幸运，是在不幸中一天比一天多了欣喜，一天比一天活得更有盼头。"

生活中的灾难，就像得势的狗，撕咬着胆小怯懦的人，而面对勇敢的坚守，却丝毫不敢作祟。当这些狗气势汹汹追赶而来，记住，千万别逃，一定得要坚守住。守住今天，幸福才会如期而至。

人生中的远路与弯路

浙江省博物馆有一幅常年展出的画作，是丰子恺先生的作品。

那副画展现的是一个近景：一位赶路的人，以肘枕额俯身在一棵树上，他把包袱丢在脚旁，做出一副忧思形状。树干只画到了一人高处，即使如此，参观者仍然能够联想到，这是一棵参天大树。画面中没有道路，但谁都能看得出，这人还要走很远很远的路。

这幅画被作者题名为《任重道远》，我三次去博物馆游览，都会在它面前驻足呆看。

也许是受到这幅画作的激励，几年后，我辞别西湖胜景，回到皖南江北的小县城创业。事业初创，生活就将人情的各式滋味和世事的各种色调，杂拌了推给我看。虽然我尚未经历人生中的"艰难苦恨"，但年轻迷惘的时候，对前路的那种担心、害怕的忧虑，犹如赶路人的惆怅——落日西沉急，凉夜风声紧。

困境之中，我联想起，网友为调侃城市交通拥堵而创作的一幅漫画，画面上只有红绿灯，十字路口和一排排等待着通行的车子。但注解却是一个有趣的句子："世界上本来有很多条路，走的人多了，你便堵在了后头。"

我走了创业这条路，与有稳定工作的同学和朋友们相比较，我算是一个选择在人生中走远路的人。如果，大家都在漫画里红绿灯下的十字路口排着队，一定会有许多堵在后面的人羡慕着我吧？因为我所选择的道路，是人迹罕至的那一条。

人生中会有两条道路，一条是走远路，另一条是走弯路。当我们看到路途中的风景以后，就会发现，当初无论我们选择哪一条路，都会有"山重水复"的疑惑。当我们走到道路尽头，也都能够遇到"柳暗花明"的世界。

与我同龄的一位建筑工人，无怨无悔地将青春的光彩湮没在工程机械扬起的尘埃之中。

我误以为他是一个不懂得享受生活的人。忽然有一夜，我注意到他发布了一条微博"月黑之夜，泰山之巅，风急天高，星辰清洁"。惊讶之余，我急忙追问他，才晓得他结束了一个阶段的工作，正背着帐篷爬上泰山去过夜。

这，与我对他任劳任怨一心扎在工作上的印象，形成了鲜明的对比。如果不是跟他接通视频，看见山道夜景，听到泰山上的呼呼风声，我几乎不相信，他微博内容的真实性。

那一夜他没能安睡，山风吹翻了他的帐篷，撑、拉、顶、拽，大山的脾气捉弄了他一夜，折腾得他力乏气喘。然而第二天，他却感叹："好久都没休息得这么好了！"

守着红日出尽，他又收拾好背包，在晨风中下山。一路上，他通过微博与我对话。

"如果人生真像你说的那样，有两条路可以选择，那么我这算是选择了一条远路？还是选择了一条弯路？"

我看罢无以回复，只觉得手机屏幕中有了蓝色的动画，仿佛《动物总动员》里，寻得水源的比利，乘着浪花欢呼而来。

　　这画面就在小屏幕中加倍放大，直到我面前拓展出一片汪洋，我才从虚幻的情境中获得顿悟。原来选择了哪一条人生道路并不重要，重要的是，当我们处在困境之中，不要绝望地认为自己已经无路可走。

年轻的搬迁者

下班后，一场小雨让疏于准备的人们面露愠色。我撑着缩骨伞，漫步回到小区。

在小区门口，我看见一位年轻人，从停靠路旁的卡车上一跃而下。车上，他的伙伴正在将行李递给他。货车司机摇下驾驶室的车窗玻璃，催他们赶快将行李卸下来。我信步踱过，但也听得出来他极不耐烦。

他们看起来，像是刚刚住过来的大学毕业生。来到这座城市，也许是他们参加的第一份工作。我猜这一次搬迁，应该给他们带来了不少麻烦。但我能从他们脸上的微笑看得出来，即使渐渐增势的雨，也没有浇灭他们对新生活的热切期待。

拎着大包小包在陌生的街道等待，在行人眼里，这不过是下班路上的一段掠影。但对于追逐梦想的奋斗中的年轻人来说，却是一生都难以忘怀的经历。

毕业后初到杭州，我和同伴迷失在车站出口。鼓鼓的行囊，暴露出我们"初到贵宝地"的无知。皮条客蜂拥而上，成为这座城市为我们举办的"热烈的"欢迎仪式。

"到萧山、滨江、余杭啦——"

"西湖！西湖！"

"小伙子，到哪里？到不到下沙？"

"不用，我们有车来接。"这句话，让我们得以逃脱，同时也鼓起了我内心里，涉险世途的勇气。

记得那天，一直等到日暮影残，华灯照暖，才有一辆橘黄色的校车在十字路口甩了个弯。车门放开，一个瘦瘦的男子冲我们喊："是不是新来的教师？"惊喜刹那，便听见一声："快上车！"

我们抓起抓不齐的行囊杂物，连拖带拽地奔赶上车，车门碰合的瞬间，我才察觉心被感动，所到处，不是穷途末路。

眼前这两位年轻人，正在重演我过往经历中的窘境。淋雨加上卡车司机的催促，一定会增加他们内心中的慌乱。这时候，他们可能会希望有人能帮他们一把吧，就像我曾在灯光下期待，接我们的校车能早些出现。

小区门口已经被他们的行李堆满，年轻人一边跟司机道歉，一边手忙脚乱地将行李摆开。站在车上递行李的年轻人，不想干扰伙伴，他尝试着让小件行李贴着车轮轻轻坠地。

这时，我放下雨伞，接住了他准备扔下的箱子。他笑了，机敏地理解了我的善意。

"太谢谢你啦！真是太感谢啦！"他们频频致谢。

我却不知道该如何回答，只是笑着说："快点搬进去吧，这雨要大了。"

"没事，咱们先歇歇！"他们看起来一点儿不烦恼，反而很享受此情此景中的境遇。

我与他们道别，边走却边回头看他们。两位年轻人，收拾起来配合得十分默契。他们搬着东西奔跑进楼里，那朝气蓬勃的样子，仿佛新雨后，拔节而上的竹子。

　　一刹那间，我也成了一株逢春复苏的百合，在这美好的时光里，迎来生机。

你有多久没有听过虫鸣鸟叫

　　早晨六点醒来，窗外鸟雀的鸣声清脆。在闹市里能听到自然的声音，你是否会感到一阵欣喜？

　　我离开村庄已经十二年。对山雀的声音，我已经不那么熟悉了。然而再次听到山雀的声音，我还是立刻清醒，精神满满地坐起身，向窗外寻觅山雀的身影。

　　最近一次见到山雀，是 2002 年。那年我初中毕业，整个暑期，我都躲在自家阁楼上写小说。一只山雀在屋顶浓密的树枝间欢叫，我透过青瓦中间的三块漏光玻璃，看见了它的身影。

　　一只灰色的长尾山雀，在翠绿的樟树枝间跳跃。我合上软面抄，静静地听它鸣叫，看它觅食。那是我印象中内心最宁静的一刻。没有焦急，没有浮躁，我只静静地欣赏它，听它欢叫，感受它的自由快乐。

　　可是这一次，窗外并没有山雀的身影。我推开窗四下张望，除了前排的高楼和地下车库入口的玻璃屋面，我没有发现任何鸟雀的踪迹。然而我仍然欢乐，因为它的声音令人振奋，使我追踪到内心宁静那一刻时的记忆。

远离村庄的这十几年，我的内心，比生活中的起伏更大。买房、买车、结婚，直到公司经营稳定，我对人的真诚一点点地被消耗，我处事的耐心也在不知不觉中减少。最为明显的改变，是我不再同情沿街乞讨的人，不再主动帮助陌生人，甚至不再有睡前必读的习惯。

我想我彻底地忘记了村庄，忘记了村庄里生活过的美丽心灵。

那时候我和其他的孩子一样，一到暖春，就会拿着长竹竿往山林里钻。许多的鸟窝都曾惨遭我的毒手。一次，在种满马尾松的山林里，我和小伙伴们正在捡柴火。一窜悦耳的鸟鸣声响起，我听得入了迷。

"跑了，赶紧追！"

我被伙伴招呼着，一起加入了捕山雀的队伍。

带着树木清香的松枝，像一条条用力甩拍的牛马的尾巴，扫过我的脸庞，让我不得不慢慢地停下追捕的步伐。

我向前看去，一对长尾山雀被伙伴们围追堵截。然而它们毫不畏惧，仿佛在与孩子们做着游戏，在低矮的树枝间跳来跳去，完美地隐身于密密的松针后面。当伙伴们失去它们的踪迹时，它们就又发出一窜响彻山林的鸣叫，引小伙伴们前去追寻。但没等孩子们靠近，它们就又展翅高飞。直到小伙伴们投掷石头追打，它们才吹着口哨离开这一片马尾松林。

没有找到山雀的踪影，我并不失望。我把窗户关小，恢复到平时保持的宽度，让轻风乘势，夹杂着鸟鸣的声音跃进我的窗户……

这一次惊喜和这一段回忆，不会给我的人生带来大的改变，但我明白，这是自然和生活给我的一次善意的提醒。它们提醒我：在喧嚣的城市中，你已经很久没有留心过虫鸣鸟叫的声音，你可不能等到听力消退，韶华逝去，才试着寻找回平静、耐心、安然的生活态度。

无事微吟，会心微笑

前一阵子，为了工作和生活中错综复杂的事情，心里特别烦闷。那种感觉好像，心被当成了垃圾场，燃烧垃圾的滚滚浓烟和刺鼻的气味，让所有心怀善意来接近我的人都避之不及。

趁着周末天晴，我一个人走出户外，来到市民广场的小湖边，静静地坐着，看看风景，调节心情。

这种解压的方法，不能立刻就产生显著的效果。虽然有柳叶清风的环境，但我却不能迅速地排干净我心里的毒素。

一阵风吹来，我闭上眼，用力地长吸一口气，想象着它能吹干净我心房里的垃圾。然后我再慢慢地睁开眼睛，却发现一个男孩子站在我面前。

这小家伙两三岁的样子，手上捧着一盒牛奶，大大的眼睛出奇地望着我。我立即屏住正要吐出的一口废气。他年轻的爸爸担心我被打扰，跟了过来，喊他快离开。

他很听话，两只小脚踩着并不熟练的步伐，蹒跚走开。但很快，他就又转过头，将满脸的欢笑毫无保留地抛给了我。面对这莫名的热情，我的嘴角迅速得到解冻，微微地鼓起两颊，咧开嘴，我也笑了。然后他像老朋友似的朝我摇手说拜拜，我也像被逗乐的孩子一样，对他挥了挥手，笑着目送他远走。

良久，我才清醒过来，发现这样一次意外的邂逅，让快乐奇袭了我的心头。忧郁时，总会有一个微笑，是坏情绪的敌手。

在每个工作日都要去的那家快餐店里，有一名服务员会对我笑脸相迎。从她的微笑里，能看出她对我格外热情，生活中这样的小小惊喜，往往让人舒心。

这家店毗邻十字路口的超级市场，我初次来此用餐时，就发现餐厅里B区的一名服务员手脚生硬，加上她坠长了脸的表情，一眼就能让人看出，要么她还是一名新手，要么她心中已有了辞职的打算。

她正在怨天尤人的情绪里，听见一位食客粗着嗓门大喊："服务员，餐巾纸呢！"我看见她脸上闪过一个苦瓜脸的表情，然后才从她的围裙口袋里，掏出几张餐巾纸递给那人。

接着，我需要添碗米饭，她依然显得无精打采，来到我身边，丢下饭碗就走。看她那木偶人的样子，我忍不住笑了。这一笑惹恼了她，面对她随时都有可能爆发的愤怒，我说了声："谢谢。"这微乎其微的一句话，化解了危机。否则，她一定以为，我是在嘲笑她。

之后几天，我都在她服务的B区就座。每一次我要离开，都会微笑着跟她说一声谢谢。渐渐地，我发现她的眼睛里也有了笑意。

一次出差回来，我再度来到这里就餐，却惊喜地发现她还认得我。一入座，就能看见她笑脸盈盈地走来。她整个人看上去精神了许多，对顾客们的服务，也充满热情。无论是礼貌的要求，还是带有情绪的吼叫，只要听到一声"服务员"，就能看见她面带笑容，穿梭在餐桌间的身影。

我惊讶于她身上发生的变化，但却不敢妄言，是我的友好态度感染了她。只是被眼前的男孩子天使般的微笑，填补了心上欠缺的快乐的那一角时，我才联想起这件事。也许快乐正是像这样传递的。

遐思未远，一位路过的年轻人停在我眼前，他疑惑地问我："请问我们是不是在哪里见过？"我这才意识到，是自己沉思太深，忘了满脸都是微笑，才让人误以为我们有过一面之缘。于是我连忙起身招呼他坐下，从寒暄开始，我们谈天说地。

西湖的另类风景

工作、生活在杭州，游览西湖自然很方便。因此无论是阴晴云雨，还是夏夜秋晨，西湖千姿百态的美丽，我都得以见识。

但这风景看得多了，欣赏的标准也就提高了。若不是好友强子来杭州找我，要尽地主之谊，恐怕我得再过好一阵子，才会有重游西湖的想法。

这一次，恰逢"烟雨西湖梦浮生"的天气。烟波处，乌篷点点；西子畔，游人如织。朦胧意境正要从我心底吐着气泡升起，却因强子的一声呼喊惊恐逃离。

"看，断桥！这里帮我拍张照。"在断桥西北方向的观光大道上，强子和所有向往美丽西湖，并且是初次游览的旅客一样，兴奋地在著名景点拍起了照片。

我接过他的相机，为他和断桥合影时，发现镜头里，多数背景人物都全神贯注地注视着手中的相机。有的为同伴拍照，有的用镜头捕捉美景。这在电子、数码产品大众化的今天，不过是见惯不怪的一种生活方式而已。而我也不是第一次在西湖，乃至别的景区，第一次发现这样的现象。但这一刻，在强子的镜头中，我产生了一丝联想：古人们，是怎样游览西湖的呢？

这个问题就像脑海边际的一颗星星，忽闪忽闪，虽然偶尔看不清，但是却一直存在，并且从不改变它的位置。强子随着相机镜头前行，我跟着他的脚步陷入沉思。

就在我们刚经过的观光大道上，有一处望湖楼，虽然现在已作为商业茶楼，但它吸引顾客的地方，仍然是依栏望湖的绝佳位置。凭栏远眺，看见游客们岸畔逐柳，或者扶桨波上的时候，总会引发我对"今月曾经照古人"的神游遐想。试想当年，刺史、州牧们西湖览胜，会是哪一番情景？是像通过镜头看西湖的大众游客，还是不辞艰辛牵马环湖，或游弋湖心，抑或就在该楼，伫立此处，将西湖美景和四海游人尽收眼底。

若是如此，我该暗自窃喜。芸芸众生，咸聚胜景，每一个人都有一个赏景的角度，而又唯有我，在千古时空的两端和古墨凝香的先贤，选择了同一个位置。

每一个人都有一个欣赏的角度。我站在楼台感慨千秋的时候，游客们通过镜头，从现代化的角度赏阅西湖。强子在镜头里捕捉景物的时候，游客们坐着游览车巡游西湖。当游览车上的小游客，对"自驾游"羡慕不已的时候，她的父母亲却带她租一扁舟，图画中游。因此看见别人"春风得意"的时候，我不会知道，他站的位置能看到怎样的风景。

强子回去之后，在网络空间里制作了一个动感影集。我点击进入，一一查看。发现经过他的精心编辑，当日在我看来毫无价值的琐碎影像，却成了"烟雨西湖梦浮生"的网络版。而他设计的"好兄弟，好风景"的主题，也成为我俩共同享有一份记忆的见证。或许，更是他留下"西湖印象"的纪念方式吧。

不久前，我又参加了同事们组织的西湖一日游。一同事请求我帮他拍照，我告诉他："乐意效劳。"按下快门的刹那，我想象着日后他将以怎样独特的方式展现今日的欣喜，是制作动感影集，还是做成美图，我满怀期待。

"要不要我给你拍一张？"看来他对我的服务很满意。

"好啊！"我没有迟疑。站到湖边，我第一次从景物自身的角度，欣赏着过往游人。

一个个小巧镜头的背后，藏着一个个充满奇妙想法的脑袋。当他们忙着捕捉镜头里的自然风光和美好瞬间的时候，本身却成了西湖的另类风景。

"蛮好的，回去我发给你。"他欣赏着自己的"杰作"，享受着它带来的欢乐。

"不用了。"如果相片是他留下纪念的方式，那么工工整整码放的文字，最适合存储我的记忆。

海岛上的消声器

因为工作原因，我要去舟山市出差。来到舟山以前，我只知道它由一千三百多个岛屿组成。却从来没听说，这一千多个岛屿之中，有一个小岛叫做金塘。

金塘岛到底多大呢？我没有查找过相关数据。但从行政划分上，它只是一个镇一级的行政区域，我想它大概，也就和我祖籍所在的乡镇差不多大吧。

从宁波北仑的渡口，乘船到舟山，能看到的第一座小岛就是金塘。如果晕船的话，不坐轮渡，乘车走舟山跨海大桥，进入舟山区域的第一个高架桥出口，也是金塘。

虽然只是乡镇级别的行政区域，但金塘岛却是舟山一千三百多个岛屿中的第四大岛。

我乘车进入金塘岛，看见海波拥逼，浅涌轻浪，拍击着岛身。浪涛哗哗，如群粉附着璀璨明星。我想这岛上一定很热闹吧！

但客车驶出金塘大桥，下了高架，进入山坳，浪涛哗哗的声音就一点也听不见了。

我虽然很好奇，但是却并没有细想这个问题。

出站以后，接我的同事告诉我："你一定会喜欢这里的。"

"这可不一定。"

我虽然这么反驳他，但却还是不由自主地环顾起四周来。我发现这是一个安静的小岛，眼前是小山、密林、远山、深谷，耳朵里鸟鸣、犬吠的声音也幽幽传来。

虽然这是一条去往普陀圣地的旅游线路，但这个小岛，却仿佛并不热衷万人拥戴的感觉。它以它平静的姿态，安静地做好普陀山的大门，不格外引人注目，不哗众吸引更多的足迹和人声。

走向小岛深处，从居民口中得知这座沉默的小岛，居然住着六七万人口。

"可是一点也听不到喧嚣，那这里的人，一定生活得十分恬静。"我惊叹着说。

"岛上还有上百家工厂呢，螺杆厂最多，有几十家。另外海鲜加工厂和家具厂也有不少，你可别小瞧它，它可是闻名全国的家具岛。不仅如此，它还有着"中国螺杆之乡"的美誉呢！你想想呀，这么多人，在这岛上生活，哪有那么多土地给他们种。"同事自豪的样子，仿佛是在赞美自己的故乡。

我独自纳闷，螺杆厂？这钢铁碰撞，怎么都听不到岛上闹哄哄的声音呢？而且我上岛以后，就听不见海浪的声音了，这是为什么呢？

为了一探究竟，我来到轮渡码头。码头附近就有好几家螺杆厂，靠近厂房，时不时地会听到工人们工作时制造出的钢铁撞击的声音，清脆，嘹亮。声波朝周围迅速传播远去，但传向码头一边，这声音立即被海浪的声音掩盖。传向小岛深处，却又碰到民居和山体。恍惚间，我看见声波的线条，沿着屋檐和山石，一路爬升，却又在山腰处，被浓密的树林挂住。

接下来几天，一有空我就会研究起这个问题来。"皇天不负有心人"，终于被我找到了答案。

我发现防浪堤外，海浪不断，涛声就会连续不断地通过空气传递，一层叠着一层，仿佛形成了一个无形的声波墙。而螺杆厂发出的钢铁撞击的声音，向空旷宽阔的海面传递，遇到声波墙的阻碍，就会在折返的过程中慢慢消散。金塘岛山高林密，当海浪声和钢铁的撞击声混合成一股新的声波，传递到更高更远处的时候，就会被民居小巷和树林中茂密的枝叶一点点地消除。因此，来到金塘岛附近，你只能听到海浪的声音，却听不到岛内居民生产生活的声音。生活在海岛上的人，不来到海边，也听不到海涛拍岸的声音。有了这些天然的消声器，金塘岛才显得如此静谧。

发现了消声器的秘密，找到了金塘岛寂静的原因，我心里十分愉悦。为了更深地认识金塘，我决定在岛上多住一段时间。但接下来的几天，连续阴雨，我都没有很多出门的机会。不然，我一定请求同事带我逛遍岛上每一个地方。我非常想知道，这座岛上还有哪些奇迹，是我们在城市和书丛中无法知晓的大自然的奥秘。

因为信任，所以简单

　　早上还没睡醒，老李就打来电话。我很纳闷，这哥们，两三年都没通过电话了，怎么好好的打电话来了？有什么事呢？

　　"你工作怎么样？"他问。

　　"还好啊，一切按部就班。"我隐约感觉得到，他需要我的帮助，但他却欲言又止。

　　我不知道我能不能帮得上忙，所以我也不肯主动问起。我想，如果是很困难的事情，他一定会开口的。

　　大约过了一分钟以后，他果然憋不住了。

　　他问我："你能不能请两周的假，过来给我帮个忙？我老婆要回老家生孩子，我生意上每天的进出款项都得对账，需要找个人信任的人替我两周。"

　　我听见了他的请求，但却不知道该如何回答。

　　我手里握着电话，心中却想起了《孟子》里面的一个故事。

　　一位齐国士人要到楚国去出差，在车马交通的中国古代，这一趟来

110

回，可能需要一到两年的时间。要出发了，齐国人最放心不下的就是他这一走，他的妻子和孩子没人照顾。

"该怎么办呢？"

他想到了自己最要好的朋友。于是他托付友人照顾好她们。

这个故事的结局不太美好，等他回到齐国，发现妻儿快要饿死了。我读《孟子》的时候，怎么也想不明白，"这个齐国人脑袋里都在想些什么？这么轻易地就能相信一个外人？"

这个问题，我在淘宝网十周年晚会上，才从马云的口中得到答案。

"因为信任，所以简单。"

马云在晚会上宣布辞职，他在辞职演说中，用这一句话概括出，跟他患难与共过的"阿里人"能够紧密团结在一起的原因。

我知道电话那一端的老李，也是出于这个原因才想到了我，并且选择了相信我。

工作十年，我的文件柜里保存了几千份合同书。我在工作之余，发现了一个有趣的现象，那就是与每一位老客户签下的合同，一年比一年薄，合同里的条款，一年比一年少，合同的文本内容，也一年比一年简洁。我和这些合约的主人，相处起来，也越来越随意。

我每一个阶段的朋友之中，总会有一个在我面前很不客气的人。他会坐在我家的沙发上等我，会吃我厨房里的剩饭，会在跟我说话的时候，吃掉我桌上的水果。我却不觉得他讨厌，反而会在许久不见的时候，细细回味与他共度的时光，虽然内容不丰富，但是内心很愉快。

阳台上的盆景与被保护的生命

我思索着，要记录点生活中的内容。于是思绪便随着目光，落在了对面阳台摆放的盆景上。我想起来，有一天下班早，巧遇大风，我锁门的时候，抬头看见那露天摆放的盆景，忽然心生疑问："就那样摆在墙上，难道不会被风吹下楼去？"然而，我至今没有得到答案。

又想起这个我无法解答的问题，我的内心，犹如强迫症患者一般矛盾。我曾在神思恍惚的时候，悟出一个道理：一个人，他心中的世界越美，在现实的生活中就越会觉得焦虑。

但也许，这只是我对自己生活现状的概括。创业以后，我每天都屏息强撑，似乎只有这样，我那脆弱的腰椎才能获得内力支持。这样我就可以提前完成更多明天要做的工作。

突然，我听到一声询问："这么晚了，你还在工作？"

是我办公室楼上的一位邻居，我连忙起来迎接。她发染银霜，蹒跚着经过我门前。我请她坐下，她推却了，留下两根玉米棒，两块荞麦巴，说给我当夜宵。离去时，她嘴里还喃喃自语："年轻人想做点事很要吃些苦。"

这话让我颇为感动，仿佛祖母对孙儿的疼惜。又像是少年时，我异乡求学，遇到的那位年轻女店主。她在我身无分文时，不但允许我免费使用她店里的公用电话，还为我灌了一瓶开水。这些已经令我非常感动，却又听见她说："刚刚烧开的水，回寝室里去泡泡脚，你一个男孩子，留点晚上喝，也够用了。"

十六年后和爱人相处时，我总会叮嘱她要多用开水泡泡脚。久了，她便嫌我啰唆，而我自己也不知道，这好心关怀，是一位不知名的女店主，于十六年前传递与我的。

如果我没有放弃稳定的工作而选择自主创业的话，我想，我这一辈子都不能体会什么是工作激情；如果我少年时，没有远离家人的呵护而选择异乡求学的话，我想，我不可能那么小的年纪就学会独立生活；如果我没有遇见生活中那些温暖过我心灵的人们，我想，我会自私到不知道要怎样去关心别人。

我联想到《悲惨世界》的开篇故事。因盗窃罪被判刑的主人公冉·阿让，在出狱后流浪街头。好心的神父收留了他。但他在享用了神父一顿美味的晚餐之后，却偷走了神父的银器。

再次被警察逮住时，冉·阿让是仓皇无措地。但神父却替他撒了谎，说那些银器是自己赠予阿让的。神父还告诉他："如果你从那个苦地方出来以后，对世人都怀着憎恨，那可是太可怜了；如果你还能对人都怀着慈善、仁爱、和平之心，那你就比我们任何人都要高贵。"

我想，内心平静下来以后，不再恐惧的阿让，在那一时刻一定能够明白，神父赠予他的到底是什么。因为此后的人生里，阿让终于活成了一位高贵的人。

至此，我似乎能够揣测出盆景主人的心理。摆在阳台上的盆景，无论它与地面的距离高还是低，无论它的价值高还是低，主人家都会担心它掉落摔毁。只是相对于被保护的生命过程而言，植物需要的更多的是滋养生长的雨露和促进光合作用的阳光。因为离开这些，藏在小心翼翼的保护中，生命将失去它应有的样子。

幸福不是从别人那儿夺来的

2010 年 11 月 23 日，东方卫视《幸福魔方》节目播出都市家庭故事"怀孕风波"。主持人陈蓉与当事人侯某对坐魔方。

从主持人与当事人的介绍性的对话中，当事人的家庭问题初现端倪：准新娘侯某在得到父亲三十万元购房资助款的许诺后，沉醉幸福，然而幸福瞬间，继母高某有了身孕。这让侯某忧从中来，"他们有了自己的孩子，还会给我钱买房吗？"

在婚房问题面前，侯某首先想到的不是替父亲高兴，而是为这个即将出世的小生命，打乱了她的幸福计划感到烦恼。

节目现场，侯某的父亲、继母高阿姨、侯某男友以及心理咨询师张怡筠，分坐于玻璃魔方四周。随着故事的不断深入，各方都表达了自己的观点。对于侯某忧心的购房资金，父亲坚决应允，并表示经济状况可以满足家庭新增人口的需求；男友认为自己可多分担压力，可趁年轻拼搏努力。这一点很轻松地得到解决。可侯某又提到祖母留给她的一套房子。"如果他们的孩子出生，不就要跟我抢这套房子吗？"

父亲立即否定，并且当即立誓："奶奶留给你的房子就是你的，我和你阿姨，还有你的弟弟或妹妹绝不会跟你争。"

此时，引发家庭风波的矛盾都得到了解决。却没料到，接下来矛盾继续升级。

"她都那么大年纪了，高龄产妇生的孩子，只怕是个不健康的孩子，我是在替你考虑，爸爸！"

此语一出，"网友九宫格"里视频在线的网友们立即对侯某展开批评。

"骨子里就是一个自私的人！"

"丢我们 80 后的脸。"

"应该给她找心理医生。"

诸如此类言辞尖锐的评论，让"幸福魔方"中的当事人感到备受攻击。于是她都以"事情不是发生在你身上"来做掩饰。

事情不是发生在你身上，因此观众们不理解侯某的委屈；事情不是发生在你身上，因此一个失去母亲的孩子，不会认为"要做妈妈"有什么值得高兴；事情不是发生在你身上，因此你们"无权对我评论"。

侯某愤然离席，甚至提出，要么不要那个孩子，要么断绝父女关系。

她的离开，让节目现场的录制中断。在摄影棚外面，当侯某向守候在那里的姑姑诉苦时，被另一组摄像机悄悄地捕捉到了。

姑姑边安慰她，边勾起她少年时的回忆。"想想高阿姨对你的好，你妈妈走了以后，家里生活一团糟，爸爸要上班，姑姑又不能天天待在你家里，谁把你打扮得漂漂亮亮的去上学，你摔断腿时谁背着你去医院，生理期的时候，你痛得满地乱滚，谁为你求药方煎药给你吃，你阿姨本不是上海人，可为了你学做上海菜，这么多年连自己的口味都改变了……"

这些话，让她迅速地回到少年的记忆里，从她的表情得知，她在徘徊。正如陈蓉所言："和你对坐，我感觉得到你的善良，你并不讨厌高阿姨；相反，你喜欢她，你只是在乎'继母'这个词，在乎单亲的身世。"

这时张怡筠走了出来，经过一番劝慰，侯某终于再度回到节目现场。但她依然态度坚定："反正我就是不同意她要生下那孩子。"

这次的现场，在张怡筠的协调下，侯某和高阿姨换了座位，侯某坐在了幸福魔方的外面。对她而言，魔方里的幸福太多，幸福太多就成了压力。坐在外面，她认为是冲出了"围攻"。而从节目开始到现在，一言未发的高阿姨也只是和主持人、观众朋友简单地打了声招呼。

在侯某情绪缓和以后，张怡筠巧妙地问道："如果现场有一个人，不管你是否愿意，都不答应你结婚，你怎么办？"

"结婚是我自己的事，他凭什么不答应？"

"怀孕是高阿姨自己的事，你凭什么不答应？"

……

此时的侯某低头沉默，不知道她是无言以对，还是茅塞顿开呢？

主持人抓住机会循循善诱，陪护侯某的姑姑也在一旁低声开导，"怀孕风波"终于在大家的努力调解下云开雾散。

当侯某走进魔方向高阿姨认错时，阿姨抱着侯某说道："只要你愿意做我的女儿，我宁愿不要肚子里这孩子。"

听到这句话时，我没看到侯某的反映，而我的感受，用 QQ 聊天工具里的一个表情来形容，就是——快哭了。

也许是我小题大做，看到这一类的节目，总会莫名感动。但这个故事里，当事人一直被一位"胜似亲生"的母亲"伺候"着，却感觉不到幸福。而当这位母亲要继续做母亲的时候，却得不到女儿的同意。因为女儿害怕，母亲的幸福会打乱自己的幸福计划。

很羡慕，节目播出时视频在线，并被接入节目现场的朋友。假如我也能在线发表意见，我会有一句话送给当事人：幸福，是自己争取的，但不应该是从别人那儿夺来的。

看春水沉寂，听苏声轻吟

　　小说完稿以后，工作也进入了最繁忙的时段，许多的感悟，没能及时地记录。新的一年开始，到今天，才发觉有了扪心自问的时间。年俗和工作，如果统筹得更好，或许会有更多的时间留给自己——看春水沉寂，听苏声轻吟。

　　许多人背井离乡去谋生，乡村便只剩下零落的声音。旷野上，只听到横风吹过，溪流和声。田间的行人，除了过路的农夫，就只有我这么一个独步的闲人。

　　朋友们提前安排起假期活动，准备去爬黄山或者游湖览胜。我一听，头都大了。好不容易有个休息日，非要赶几百千米路去折腾？

　　其实，郊外田间，就很好啊。

　　有时候，我也认同这样一种观点：闲庭信步，需要很高的精神境界。否则，自家院子里兜圈，真的容易使人浮躁。但是走在乡村田野，那种"身无一物"的心境，也立刻就被翻转出来。生活中最难得的，是一个人清净。成家以前，只需要避开同事，选一个下午，找一片草坪，就能获

118

得接近那种心境的心情。成家以后，却发现精神世界的存在，变得尤为珍贵。毕竟，每个人心里，都有一个不一样的世界。

从读《张爱玲散文集》开始，就喜欢一个人在池塘坝上看风景。看枯了的树枝，在风里逞强；看劳动的身影，在土地上俯首；看空中飞过的鸟儿和白云底下它留下的隐形的痕迹。

发现近处风光，成了我在生活里，最容易获得的奖赏。我知道那只是因为我不喜欢熙熙攘攘的地方，只是因为我不接纳热热闹闹的环境氛围，只是因为我不愿意轰轰烈烈地宣泄情绪。

我喜欢在短暂的休息时间里，想与生活无关的事。关心落叶之后，树枝的表皮是否愈合？关心草木骨折，累卵碾破。那些和自然无关的生活，太多太多。在那时间里，自然界中，一只幼虫在看这世界的全部内容。而我视野所及，思想所触的，都只是和我的生活相关的事。

鲁迅喜欢追忆过往，或者只是喜欢采用倒叙的技法。林语堂和梁遇春，不重技巧，却仿佛更明事理。李叔同几乎默不作声，但他关心的事，却让人觉得，真的是在关心我和这世界上的每一个人。

因为生活中一个偶然发生的景象，真正地领会到珍惜的含义。在抬头离开屏幕的视线里，看到老人扶着老人，看到脑瘫的儿子，牵着瞎了的母亲。我以为生活中最糟糕的都已经发生了，却不知道，只是因为我们没有留意到。

小时候喜欢在小村庄看梯田远野，看伙伴们在风景中奔跑。我总是独自在人群之外，成为随众的跟班。不被人注意的时候，我轻松地注视着每一个人。

成年以后，我从散文和小说的世界中走出来，认识了一个全新的城市。我和同城生活的朋友们，常在一起谈论，这座城，它过去的样子。

渐渐地，我发现我不再站在人群之外，而是在更多的场合中，成为面对人群说话的人。然而我依然喜欢，一个人独处的时间，喜欢在午后或者日落前，看从未移动过的山丘，也看丘前不远处，每天不同的行人。

发现生活之美

第一次发现自然界的美丽，是在小学四年级的时候。那天下午，我和同学们趴在学校院墙的墙头，一起看远方天边西沉的太阳。晚霞仿佛太阳落入银河时激起的涟漪，一圈一圈发散开来，缓缓地朝着人头攒动的低矮的院墙飘荡。

"看，筋斗云！"一位男同学伸出手臂，直直地指向蔚蓝的天空。

我循声望去，果然看见一片"筋斗云"。

"还有猪八戒，快看！"又一个声音响起。

紧接着，声音此起彼伏。"唐僧""沙僧"，还有飞在"筋斗云"前面不远处的"齐天大圣"都一一登场。

很快，小院墙上趴满了人。我受不了拥挤，不小心从墙头掉了下来。

退回到操场中央，我看见蓝蓝的天空中，师徒四人徐徐飞远。逆光中，人群的黑影，仿佛逐渐围拢的蝌蚪群，甩着细细的尾巴，在溪水里游泳。忽然，又被上课的铃声惊到，慌得四散逃匿。

这是我第一次有了对生活中美的体验。直到很久很久以后，我都会回味这美丽的场景。但是我没有因此而喜欢上绘画。相反，我在很多年以后才发现，就是在那个课间，在那梦幻般的场景里，我被自然以一种神秘的力量，植入了诗歌的种子。

那是一种赞美的情绪。我没能凭自己的能力去理解这些。是陈老师教我写作的时候，给我介绍了美学的知识。他舒缓的语调，绵绵不绝的句子，仿佛内力深厚的师傅，打通了我身体的七经八脉。

我也因此想起了我的初中语文老师。他住在我家隔壁。放学后，我在院子门口玩耍，他就坐在门前一颗老梧桐树下，吹他的长笛。

那时候他很年轻，我还很小。我经常被他的笛声吸引，悄悄地停止笑声，停下脚步，两手托腮，蹲在自家门前的一颗枣树下，看一片掉落的梧桐树叶，在他的笛声中潇洒舞剑。

我总是在他还没有发现我的时候，小心翼翼地回到院子里。因为担心，一曲终了，他会回头看到我，然后要我跟他学习吹长笛。因为我知道，我不是那种能够创造美的人。

陈老师说，拥有美感的人，即使看到路边的一株狗尾草，也会欣赏到美丽。我在清晨的池塘中，看见一束柳条的倒影时，认识到我是一个拥有了美感的人。

我到异地求学以后，很少再回到那个赋予我美感的村庄。但是我的写作中，却会不时地提起有关那个村庄的回忆。一个周末，我把我所有关于村庄的描述文字翻出来，用一个上午的时间，温习了一遍。

然后，我记起了那些故事背后的事情。

下课铃声再度响起后，我飞快地奔跑在放学的路上，去追天空中的师徒四人。他们已经飞走了，但一头"石狮"，却还在慢吞吞地一寸一寸地移动着，恰好被我逮了个正着。我站在一条田埂上，渐渐抑制住粗喘的气息，任由它在半空中奋力地逃。

我站在院子里，听见一个沙哑的声音说："进来扶我去下厕所。"

我知道语文老师回到了屋里，去照顾那位曾经照顾着孤苦无依的他长大的老公公去了，我才探出身，慢慢站到院子门口，仔仔细细地看了一眼，那老树下的长板凳上，放着的一根系了红色流苏的长笛。

　　我想那流苏，就是赋予我美感的圣物。

民间智慧

央视新闻频道《共同关注》栏目播出过的新闻中，有这样一条消息：我国南方地区正经受着冻雨天气，在各部门紧急应对严寒天气的时候，当地农村的学生想出了保暖妙招——拎着自制的暖手炉去上学。

我从屏幕里看到孩子们拎着暖手炉上学的情景，思绪的栅栏立即打开，放出了一匹奔腾着的驮着儿时记忆的黑马。

20 世纪 90 年代，地球并不像近几年"温暖"，在我的记忆里，长江中游，北岸的故乡每年都会经历"冰天雪地"。

为了帮助孩子们克服寒冷，爸爸们会清洗出装油漆用的小铁罐，往里面添几块燃烧的木炭，加一层枯枝烂叶，再填满木屑，最后将打满小孔的铁盖子盖上，一个精致的暖手炉就制成了。

起初，这个暖手炉只是被孩子拿到学校取暖。后来，当孩子们兴奋地发现，提着手炉奔跑时飘出的烟雾，像极了摩托车排气管里释放的尾气时，暖手就不再是小手炉的第一功能啦。后来，随着班级手炉数量的急剧增长，学校操场也就升级成为雪地车道了。

没想到被遗忘在山沟故里的游戏道具，今日荣幸地变身荧幕新闻的主角。来自民间的小巧技艺，竟成为时代视角中的智慧。当冻雨天气来袭，山村里的孩子们便发挥出源自生活的智慧，为自己创造了温暖的环境。

当社会需要时，民间总会贡献出生活的智慧。似乎自古以来，就是如此。综观历史，从石器到舂米，从秧种到牛耕，再从铧犁到收割机，诸如斧、锄、刨、锯，皮、革、锦、缎之类，无不是生活之所藏，百姓之所急。

当社会需要时，民间总会贡献出生活的智慧。无论中外，都是如此。横观天地，腐乳较之奶酪，筷子较之刀叉，诸如算盘珠子、楹联爆竹、电灯水阀、轨道交通之类，无不是百姓之所需，生活之所及。

智慧在民间，可往往要在百姓有所需，而又无人能给他们帮助的时候才会被发现。但对百姓而言，这些源自生活的智慧，无非是为了应付生活添的麻烦而已。

曾听说过一个平民发明家的故事，他发明的"自动鞋套机"，在经过电视台报道以后，立即被商家买断技术，搬上了生产流水线。而这位老伯发明创造的动机，却只是为了对抗儿子家里进门先脱鞋或穿鞋套的荒诞规矩而已。

近些年来，我国城市"治堵"成为一个表征明显的社会问题。层出不穷的治堵新政也成了社会热点话题。在颁布新政之前，责任部门将制定好的规章制度"晒"在网上，期待民众多提意见。

此举让我颇为欣慰。交通拥堵是同城民众共同面临的问题，大家一起来想办法，说不定就有人能想出"妙招"来。将治堵新政的选择权利像渔网一样撒开，交给民众，问题分散开，民间的智慧就会渗透网格显露出来。

第四辑　飞入菜花有处寻

老陈

　　部门会议上，老陈终于坐不住了。他不再像往年一样，去想"凭什么批评我？我怎么就没他那么幸运？"在起点糊涂的人，临近终点时会惧怕自己的清醒。

　　儿子一天比一天大了，老陈的事业却没有如期地成长。十年前，小陈是同学圈中发展得最好的人，他过着春风得意的日子，羡煞旁人。

　　十年之中，小陈慢慢变成老陈，慢慢地松懈了思想，慢慢地丢弃了好的习惯。单位里进来一批又一批小伙子，潜力无限，光彩绝不亚于十年前的小陈。

　　可老陈从来没有意识到这个问题。领导找他谈心，告诉他要保持竞争意识。老陈觉得俗气，他反驳领导，难道个人发展比团队精神更重要？

　　每一回，老陈被领导找去谈心时，办公室的人都抿着嘴偷笑。但他从领导办公室高傲地走出来时，大家又会热情洋溢地夸赞——只有你这样能力和资历都很强的前辈，才能治他！

　　第一年听到这样的评价，老陈谦虚地笑着，不多说话。第二年再听到，老陈开始认为，领导这样做，是不对的。老陈也不知道从什么时候起，开始享受这种"统一战线"的支持，老陈以为，他是部门内唯一能够制衡领导的势力。

老陈的妻子，抱怨老陈的话也逐渐多了起来。老陈不以为然。有一次，他实在忍受不了，跟妻子大吵了一架。

离开家，老陈走进一家理发店。"有半年没理发了吧？"理发师是一个直言不讳的小子。

老陈忽然意识到，太久没有注意过自己的形象了。坐在镜子前，他看着镜子里那个自己，很久，很久。

"轮到我发言了？首先，我想做一个深刻的检讨。"老陈长达十分钟的发言，将部门会议的气氛，变得严肃。但他自己，仿佛回到了十年前，小陈的那个样子。

"我从童年的欢乐出发，一直朝着少年的梦想前进。然而每过一段光阴，就发现人生的方向需要修正。"最后，老陈将自己在镜子面前，看到的内心深处的想法告诉了大家。所有人都不觉得老陈的过去像他自己检讨的那样差劲，但都愿意相信，今后的老陈会像他所说的那样焕然一新。

梦想布囊

他踌躇满志，却因为"时运不济"而郁郁不得志。但他从未想过放弃自己的梦想，仍然坚定地朝着那个目标去努力。

苦练劳神，一次沉睡之中，他梦见了上神。神赐予他一只布囊，并且告诉他，可以用这只布囊，从神殿里装走任何他想要的东西。

他环顾神殿四周，发现这里没有金光闪闪的珠宝，有的只是一些形如玻璃球，但却比肥皂泡还要轻巧的珠子。

"难怪你会这么慷慨！"他在心里嘲弄着上神。

忽然，他在一颗体积较大的珠子里，看到了自己朝思暮想的一幕。

"难道这就是我实现梦想的那一刻？难道这些珠子，能够帮助我实现自己的梦想？"

他沉思良久，终于做出决定，果断地捡了一个"梦想"装进布囊中，然后又手忙脚乱地捧起一捧体积较小的珠子，也放入布囊之中。

布囊因此变得轻飘飘的，像氢气球一样升起来。他害怕失去它，便用两只手紧紧抓住布囊，结果，连他自己也被布囊带着飞升到天空中。

他从梦中惊醒过来，发现枕边真的有一只布囊。

于是他兴奋地拉开一条缝隙，偷偷地往里面看了一眼："啊！是真的！"他欣喜若狂，一不留神，一个明晃晃的东西溜了出来，是一颗神珠！他狂笑的嘴巴还没合上，又被眼前这一景象惊呆。而慢慢飘升的神珠正好飘进他的口中。转瞬间，他仿佛变了一个人，立马转身下床，忙碌起来。

事隔月余，他失魂落魄地回到家中，对着布囊发疯似的问："我要你又什么用！"说完，就解开布囊，要将囊中所有的神珠抛洒到空中。

"滚回神的身边去！"

一颗颗神珠撒落在庭院里，接着一颗颗冉冉上升，最后唯一的一颗大神珠，也开始颤抖起来，呈现出一片奇景。一颗神珠被怒吼着的他吸入，于是他又奇迹般地冷静了，迅速地将所有的神珠追回。

日复一日、年复一年，他摇身一变，成了武状元，后又转升大将军……

再入梦中，上神问他："你可以用手中的布囊，装走我神殿里的任何东西，你还想要吗？"

"不必了！"他恭敬地回答。

原来，上次他离开以后，上神又回到了神殿。上神清点完神珠，发现他在大的珠子中，只捡走了一个"梦想"，而在小的珠子中，他装走了许许多多的"希望"。因此判定他必成大器，便再次召他入梦。

他继续恭敬地对上神说："我一生痴迷武学，却苦于投师无门，学艺不精。直到我误食了第一个'希望'——决心的时候，我才明白实现梦想的最主要因素，是自身的努力程度，所以我开始勤奋练习。一个月之后，我精力充沛，浑身是劲。于是我去找一位武艺高强的高手挑战，但我不曾伤其毫发。我失望透顶，甚至不想再相信您了！"

但就在我丢弃梦想时，第二个"希望"——信心又让我重振精神。

后来我还有了更多的"希望"——把握机遇、得到帮助、拥有快乐、获得支持……

"你不再有别的梦想了吗？"上神问。

"我已经有了知足！"他依然毕恭毕敬的样子。

"我给了每人一个布囊，有的人用它装满了许多个梦想，结果却被梦想累垮，一生命运不济。而将'希望'填满布囊的人，行装厚实，却轻松快乐，最终走向成功。"

他从梦中醒来，依然回味着上神说的话。

"是啊，每个平凡的人，都有一只思想布囊。有的人在布囊中装满了梦想，但实现梦想的路上却不知从何做起，最终也只能落得'一生襟抱未曾开'的下场。有的人心中只有一个梦，却对自己的梦想充满希望。而正是这些希望助人排除烦忧，使之敢于面对艰难险阻，最终完成自己的追梦之旅。"

想到这里，他继续闭上眼睛，但他没有马上睡着，因为他的嘴角微微扬起，脸上露出了笑意。

你应该自己拿主意

一位年轻的登山者，在山间采撷了一朵含苞待放的花。花儿含苞待放，清雅淡洁。年轻人从未见过这种花，便不由自主地赞叹起来："这朵花儿实在美极了！"

于是这株花被带到山脚下，年轻人居住的村子里。年轻人请来全村的村民，想邀请他们一同欣赏这朵美丽的花。与此同时，年轻人还有一个想法，就是想请有些学问的村民，为它取一个能配得上它的美丽的名字。

"应该是梨花吧，这么白！"阿婆眯着眼睛看，看完扯开嗓门说。

"它可不是梨花比得上的，而且我也不是在梨树上摘下它的呀。"年轻的登山者觉得这个名字不能匹配这朵花的美丽。

"梨花也没有这么大呀，我看应该叫作菊花。"阿伯端详着花儿，也发表了自己的意见。

"这可不是咱们常见的菊花。"登山者还是觉得名字不够高贵，无法描摹这朵花的美丽，便犹豫地摇了摇头。

"莲花。"

"不好！"

"芍药。"

"不好。"

"牡丹。"

……

年轻的登山者认为这些普通的花名，都不能用来给这朵仙花命名，都不足以描绘造物者鬼斧神工之美。于是他想请村中一位德高望重的长者，来给它取一个最美的名字。

村民们一听，都觉得这个主意不错。便随着登山者一起来到了长者的门前。叩响门扉，年轻的登山者向长者说明来意，并向长者提出了自己的请求。

长者微笑着，提醒他："你觉得它哪里最吸引你？"

"它的洁白，像纯洁的雪，我从没有见过一朵花，能长出这样美丽的样子。"年轻的登山者肯定地说。

"还有吗？"长者乐了，又问他。

"还有——还有它生长在悬崖峭壁之上，一定是非凡的品种！"年轻人有些激动。

"那你觉得，它值得拥有一个什么样的名字？"长者追问。

"它——我想叫它雪莲花！"

年轻人说完，长者转身回到屋里，关上了门。年轻人疑神未定，开口要问长者时，却猛然间醒悟过来，明白了长者的用意。

"雪莲花，这个名字好呀！"人群中，有村民反复念叨着雪莲花这个名字，然后，惊叹地说。

"谢谢您！"年轻的登山者隔着门向长者表示感谢。

"不用谢我，你早就该自己拿主意！"

"我早应该自己拿主意。"年轻的登山者重复着长者的话，会心地笑出来。

从此以后，这朵花就被称作雪莲花，山下的村民们认为这是上天对人类的恩赐，便把这朵花的生长之地，他们身后的大山，唤作"天山"。

年轻的登山者，继续过着上山采摘的生活。但是此后的生活当中，当他想要了解一些未知的人、事、物时，就会想起长者的叮嘱，"该自己拿主意"。他再也没有了疑惑和困顿，成了村落里最能干，也最快乐的年轻人。

反赌的赌王

小区里有一家老乡开的小餐馆，家乡菜的美味，吸引着我每天如约而来。可是餐馆老板，有个不好的习惯，就是一拿起纸牌，便舍不得放下。即便客人催了又催，他也只是应付一句："就玩这一把！"似乎他那超群的厨艺，全都源自纸牌的启发。

因为被他烹炒的美味深深吸引，食客们也都拿他没办法。

可是近几日，我渐渐察觉，他不再迷恋玩牌啦。起初还只是以为他的电脑又坏了，影响到他的情绪。细问之后，才发现一个有关赌王的惊天秘密。

周一，他的店里来过一位陌生的食客。那人来时，他正在玩牌，因为兴致正浓，又不是老顾客，他也就懒得理会。没想到客人见状，并没有赌气离开，而是走上前，加入了他们的牌局。

那人自称是张豹，会玩几把牌，却不和他们赌钱，只是要表演几招给大家看看。牌一拿到手，他就即兴表演了记牌的基本功夫。只见他用右手的拇指和中指捡起整幅纸牌，随意往左手掌心一弹，便弹出一条人们只有在电影《赌王》中才见过的"长龙"出来。随后他又娴熟地将纸牌在桌面摊开，大家才要定眼看时，纸牌早又被他灵动的手指，像推倒多米诺骨牌一般地翻过边来。这时候，他迅速将整幅纸牌收起，让在座的牌友们随意从中抽出几张。

傻了眼的牌友们遵照指示各自抽取了几张牌，并按照他的要求告诉他各自抽取的张数。接下来，他开始不慌不忙地告诉大家，每人手上拿的都是些什么牌。"第一位，抽出四张牌，分别是：方片 A、方片 Q、黑桃 7、红桃 5。"被他说中之后，这位牌友只得老老实实地将捏在手里的纸牌摊开来。第二位牌友不信邪，赶紧将手里的纸牌紧紧压在桌面上，自己不都曾看，直到他说完之后，才一张张摊开来对比。结果无一例外，全被他猜中了。第三位牌友早已被这如梦如幻的情景迷惑，张豹猜完牌，他都还没认清牌面来。到了第四位，这位"不为生意放下纸牌"的餐馆老板，更是不服。瞧他，把捏紧纸牌的手放进口袋，然后机敏地盯着周围的每一个人，仿佛围观人群中任何可疑的眼睛，都有可能是张豹的托儿。虽然如此，他心中却自知，他手里的梅花 2、红桃 8、红桃 K、黑桃 8、大王是极难猜着的，更何况他又把他们藏在口袋里，谁也别想偷看！他正自鸣得意间，张豹已经开始猜牌了。"老板手气很好，今年踏实做生意是要赚大钱的。你手里有两个 8 点，一个是红桃 8，一个是黑桃 8，一个梅花 2，一个红桃 K，最后这张牌可大啦，就是这幅纸牌中最大的 King——大王！"

老板一听，不禁大吃一惊。"怎么可能？玩魔术吧？！"众人也都如此认为，于是张豹又玩了另一出牌来。

只见他随手拣出一对 A 和一对 5 共四张牌，与老板玩起来。众目睽睽之下，他和老板每人都拿到一张 5。接着他又建议老板把纸牌 5 放在自己手心里，然后他再将剩下的两张 A 发给他一张，并且盖在 5 之上，再让老板用另一只手将两张牌都盖住，以免被他"盗取"。大家目睹老板封住自己的纸牌之后，张豹再让在场的各位验证自己的两张纸牌，是不是还是一张 A，一张 5？在场的各位都点头称是。不料他突然在桌面一挥手，手中的牌立即变成一对 A，再验老板的牌时，已经变成一对小 5 了。众人惊讶不已，都称是绝技，有的甚至说："你要去赌场，保准赢大发啦！"

"今天我给各位表演，就是希望劝诫你们别再赌博"。张豹诚恳地说，"你们看看我！"说着，他在餐馆狭小的店面里走了一圈，这时候，众人才猛然发现，他是个瘸子！

看到大家疑惑的表情，张豹开始讲述起他的故事来：

我十六岁的时候，在赌场里给别人擦皮鞋，每个月能赚个十几块钱。有一天一张赌桌上缺了人，赌牌的老板们就要我坐了上去。谁知道一晚上就让我赢了几百块钱，于是我开始动了心，认为这钱赚得很容易。第二天，我也不再随伙伴们去擦鞋了，开始四处去拜师学艺，一心要学得一身赌术。跟了几个师傅以后，我便在小赌场一展身手，赢了些钱回来。渐渐地走南闯北，在赌坛混出了一个赌王的响亮名号。没几年，车子、房子都换了好的，也娶了一个如花似玉的老婆，生活过得荒淫无度。

好景不长，1995 年我在赌场被抓，被判刑以后所有朋友都不再理我，连我的老婆也不再过问我。当我心灰意冷的时候，我的母亲赶了近千里的路来探视我。我记得当时她对我说："你这畜生，出来以后不要再去赌啦！"出狱以后，我还是执迷不悟，并且在这段时间里赢得了更多的钱，名号也越来越响，慢慢地被称为"大陆赌王""亚洲赌王"。春风得意正当时，于是我下决心去珠海的地下赌场捞一笔！

这一趟，我轻轻松松地就赢到了五百万。正要全身而退时，却不料出老千被人识破，结果被几十人狠狠地教训了一顿，五百万没拿到，连自己带去的本钱也都被扣了。

但这一次我并没有死心，依然想着要怎样翻本。后来本钱也确实被我赚了回来。年近而立，我想再赌一把，从此以后，我就不再赌了。正好一个机会到来，我踏上了去公海的赌船。

这一次，也的的确确成了我的最后一次。就在这一次事发，我被人挑断了右脚的脚筋。这还不算完，他们又给了我一枪。至今我的身体里面还留着两块弹片。

被救回来以后，我已经是个半死不活的人了。老婆不容分说地离开了我，至今我还记得，当时只有八岁的女儿跪在她妈妈面前哭泣："妈妈，你不要走，你看爸爸都这个样子啦，你就让我留下来照顾他。"

众人见他如泣如诉，不免也都暗自克制自己的眼泪，不使它留下来。

……后来我就在老家养伤，整整一年的时间才渐渐恢复过来。有一次，我看到了一部讲述浪子回头的电影，于是开始反思，现在我什么都做不了啦，我还能不能像电影里的主人翁一样浪子回头呢？

我产生了一个想法，能不能依靠表演我的赌术，劝导人们远离赌博呢？

最初的尝试，我就收到了意想不到的效果。在不断的赌术表演中，我开始坚定自己的信念，只要我一天接着一天地演下去，即使每一天只有一个人听取我的劝告，也可以算是我浪子回头的成绩和见证。

听完张豹的故事，我不知道能有多少人会借鉴于此，远离赌博。但眼下我的身边就有一位，发生在这位餐馆老板身上的微妙变化，让我看到了一位反赌赌王的精诚所至。我们都知道，一个人往往都会隐藏自己的身体缺陷，可张豹却主动地显现出来，不是这伤拐有多么令他自豪，而是他希望每一个与他擦肩而过的人都能够看到，赌博给他带来的伤害。

飞入菜花有处寻

春游，与八九文友，共赴一片油菜田。成百亩的土地，一眼望去，菜花黄灿灿的，边际嵌在青山的脚跟处，远远的天空，灰与蓝调和，涂成了一块巨大的幕。我站在水库坝上，面对着油菜田，面对着一座山，面对着遥远的空间。

但是风自山头落下，压过花毯，又轻轻地弹起来和水库坝上伫立的我，迎面相撞。我扭头回避，再向前看时，菜花都活了。它们一支支地摇动，引起花毯波浪一般的起伏。偶尔露出一条青翠的菜花枝，或一片片浅绿色的菜花叶。

三十年前，我出生在湖滨的一个小村。童年时，我常在梯田上放牛。在我的印象中，春天色彩丰富。但黄色是我家乡春天的主题色彩。那色彩就是油菜花的颜色。在梯田间奔跑，有时候会看到田埂边生出一两枝白色的油菜花，有时候会看到一两只白色的蝴蝶。那时候我还不知道杨万里有"儿童急走追黄蝶，飞入菜花无处寻"的绝句，而我却能真实地体验到在菜花间捉蝴蝶的乐趣。

这么多年来，我安于生活的现状，但我仍然追逐着悬浮于生活之上的梦想。偶尔在朋友圈发一条发表文章的消息，当年同在文学社的同学们就会用羡慕的语气留言：想不到，最后坚持下来的是你。

是啊，想不到，在生活的油菜田里，我依然能享受捉蝴蝶的天真乐趣。

我没有放弃写作，或者说我逐渐养成了写作的习惯。当曾经志趣相投的朋友们，出差在途中，看到我的一条与写作相关的消息，他是不是也会怀念当初意气风发的少年的身影？

我拍了一些油菜花的照片，发到朋友圈。然后我离开水库，走进了油菜田的深处。

花香，只有穿梭花间的时候才能闻到。这也是油菜花可贵的特点，它耀眼，却从不用花香来招摇。它也会用香味吸引世人的鼻子，但那香味，是它落尽花蕊，结成菜籽，压榨成油时，溢出油坊，漫过公路，充盈人间的香喷喷的气味。有诗云："怀志弗争菊妹宠，只期岁岁籽丰盈。"赞美的就是油菜的实用价值和有着油菜一样低调、务实的品格特质的志士。

文友们见我走在花海深处，也纷纷撵上来。在花间的小路上，大家聚拢到一起，以人花为背景，合了影。此时，我的手机响起，我打开一看，原来是一位留恋文字的朋友，正在羡慕我，日常与文字做伴，任闲心畅游的生活状态。我准备回复他：如果你愿意，也可以过这种生活。但我又立刻删了这条消息，因为我明白，他们之所以会说我在坚持，不仅仅是指腾出时间来写作，对他来说有困难，还包含着另一层含义，那就是初心已失。于是我拼写出另一句话发送给他。我相信，他因此能找回，他在内心种梦时，生命中发生过的事。

"儿童急走追黄蝶，飞入菜花有处寻。"我再次翻看聊天记录，竟然想不明白，我为什么会把这句话发送给他。也许是站在油菜花中间，被花扰乱了思维。也许，我是想突破时空的阻碍，去告诉那个在梯田里放牛的男孩。

药瓶

少年时，每当乡村医生骑着摩托车来村庄里问诊，就会有一群孩子跟在摩托车后面，一直从村口，追到患者家里。我就是这些追车孩子们中的一员。

我们追车的目的，是去捡医生问诊后的医疗工具。有的人喜欢注射器，有的人捡输液的针管。我不喜欢那些危险的器具，我专捡装青霉素的药瓶。

这是一种高约五厘米的玻璃瓶。矮胖的身体，贴着蓝色标签，扣着铝皮盖子，活脱脱一个胖小子。动画片里的铁壁阿童木，就是这个样子。

每次守候在患者门前，我都会认真地看医生的动作。看到他用镊子撕开铝皮盖子，然后又用注射器戳破橡皮塞，往里面注入盐水。医生用力摇匀后，再用注射器将瓶子里的药水吸出来。这时候，装青霉素的药瓶就会被医生放在桌上，或者扔到地上。放在桌上的东西没有孩子敢去拿的，但只要医生把瓶子往地上一扔，就立即会有孩子蜂拥着去争抢。

幸运的话，我一次能抢到三四个。但其实我也不需要那么多。因为这些瓶子我只是掏蜜蜂的时候用得着，如果要装蝌蚪的话，我会用大一点的瓶子。

乡村里的土墙上，总会有许许多多不起眼的孔洞。一个个小孔，小到屋主都不屑于修补。但只有孩子们的眼睛才能发现，这些孔洞里住着各种各样的小动物。

蜜蜂就是蜗居小孔的"居民"之一。掏蜜蜂的时候，我往往会采取潜伏——诱战的模式。具体的操作办法是，首先甄别出蜜蜂的"住处"，然后将装青霉素的药瓶斜扣在洞口，接着摘一根细柳或毛竹，用较细的一端轻轻地伸进小孔中，去撩蜜蜂。

如果遇到一只肥大莽撞的蜜蜂，不用等它爬到洞口，我就扶正瓶身，请君入瓮。如果遇到一只瘦长机灵的，我就会悄悄拿开瓶子，待它爬到洞口，振翅欲飞的时候，我再立即用瓶口堵住洞口，一样能逮到它。

捕获蜜蜂以后，我就会兴高采烈地拿着装有蜜蜂的玻璃瓶子，给被蜜蜂蜇到了的农妇送去。我看着她把蜜蜂倒在手心里，用手指捏住蜜蜂的腹部，轻轻地挤出它储存在肚子里的蜂蜜，然后用那一滴蜂蜜，涂到她身上因被蜜蜂蜇过而红肿的伤口表面。

蜜蜂飞走了。我不知道她这么做到底有没有用，但我对掏蜜蜂救伤员的任务无比热爱。

闲着没事的时候，大人们是用不着我献殷勤的。这时候，我和瓶子都没有了用武之地。

百无聊赖之中，我对着瓶口朝里面望。我发现小小的瓶子里面，其实有很大的空间。我举着瓶子朝天空望，天空中那薄片似的太阳，就立即在瓶底的玻璃片上卷成了卷儿。我举着瓶子对准树叶，树叶上的绿色，立刻就掉进了瓶子里面，把整个瓶身都染成了绿色。我举着瓶子望向了远处，远处医生骑着摩托出诊，村里的女老师放学归来，他们擦肩而过，谁也没有主动跟对方打招呼。

乡亲们路上遇见，总会热情地聊几句。即使农忙遇见了，至少也要打声招呼。否则，会被村里人认为没有教养。

但乡亲们都特别理解，医生和女老师互相不打招呼这件事。

他们曾经是恋人。但女老师的父亲，不答应他俩这门亲事。医生不明白是什么原因。我听说女老师的父亲不怎么生病，即使有个感冒发烧的，他宁可硬撑着，也不肯叫医生给他看病。

医生和女老师各自成家了，两个家庭的孩子都和我一般大。我们一起上学，也一起玩耍。直到我们都长大了，离开了村庄，去到比田野更远的地方。我却依然，将一只装青霉素的药瓶，摆在我的书架上。我偶尔会拿起那只瓶子，看蓝色标签上，我为医生和女老师写下的一首短诗："别留恋春风里的睡意，别以为生活还没选中你，一旦它引诱你去游戏；聪明的，你总要向它低头。"

我偶尔也会想跟一起长大的伙伴们通个电话，聊一聊小的时候，一起用装青霉素的药瓶掏蜜蜂的游戏。

一次可遇而不可求的遇见

2004 年 12 月 24 日，那一天星期五。十多年过去了，同学们也许早就已经忘记那一天发生的事，但春华却依然历历在目。

那一年他高二。春华是走读生，那天下午第一节课是体育课。春华作为班级的体育委员，组织了一场足球赛。踢一场比赛，一节课的时间肯定不够，于是春华与体育老师沟通好，利用午间休息时间组织同学们进行上半场的比赛。

中午吃过午饭，他就一路奔跑着，赶往学校。他家离学校不远，只有两条街的距离。春华用了不到十分钟，就奔进了校园。

比赛进行得如火如荼。春华作为黄队的主力球员，在球场上过关斩将，上半场结束时，黄队已经遥遥领先。

上课铃声响起，下半场比赛开始。整队时，他感觉到右腹剧烈疼痛。但是体壮如牛的他，却不甘被这点疼痛击倒。他坚持着，坚持着，直到慢慢地跪倒在地，直到口齿震颤，无法言语。

同学们看到他匍匐在地上，痛得站不起来，纷纷围拢过来。接着，他就只记得老师将他送到医院。等母亲赶来时，他已经蜷缩成了一只生病的蜗牛。

做完了透视检查，医生指着胸片上的一个囊肿告诉他母亲："有可能是患的肿瘤，还是赶紧去市里大医院检查一下吧。"

母亲听到医生的诊断结果，如遇晴天霹雳，一分钟之内，昏厥数次，不省人事；又有如遭灭顶之灾，号啕大哭，悲痛欲绝。

此时，春华有了一种错觉。他仿佛觉得，患病的不是他自己，而是他的母亲。神色憔悴的母亲，被春华搀扶着送上车回家。时至黄昏，春华觉得这噩耗来得猝不及防，复查和治疗事宜，只得先回家再做商议。

回到家，春华妈妈联系上在外务工的春华爸爸。电话里，春华爸爸陷入了深深的沉默。

电话听筒里的寂静，使春华害怕起来。他忽然想到，自己或许看不见明天的太阳了。但是还有许多人，他还没来得及跟他们告别。

春华请求母亲，让他再去一趟学校。母亲无声地哭泣着，已经顾不上答应春华的要求。

但他还是来到了学校。走进教室，同学们正在上晚自习。他便从进门的第一位同学开始，逐一和他们握手告别。

琅琅书声渐渐安静下来。春华走进了人群中间，同学们都惊讶地问春华："你怎么了？"

忽然，几位女同学开始哭出声来。当春华在教室里走完一圈，与所有的同学都握手作别以后，春华患癌症的消息，已经成了这间教室里无声的秘密了。

在西方国家的传统里，这一晚正好是平安夜。有几位同学开始倡议，集体过一次"平安夜"，为春华祈福。

很快，有同学十分积极地去校门口购买了红色蜡烛，有同学开始收集硬币，又有同学将收集起来的硬币分发到每一个人手里。然后，教室里的日光灯被关掉，取而代之的是一束束红烛燃烧出的光亮。每一个人都将一枚硬币捧在手心里，闭上眼睛，默默地在心里许下祝福。

春华站在教室前面，看着一束束昏黄的火焰，照亮一颗颗纯净的面庞。他不知道每一个人在心里为他祈祷时的腹语，他在同学们祈祷结束之前，快速地抹掉了眼泪。

班主任老师闻讯赶来。但他等到集体的仪式结束以后，才出现在春华身后。

"我感动于你们诚挚的友谊，但我却惧怕你们所暴露出的脆弱的感情。我因此感受到这集体的温暖，也看到了你们脆弱的心灵。同学们，我只能告诉你们，今天发生的这一切，在你们的人生中，是可遇而不可求的。

"在突如其来的变故面前，我希望能看到你们冷静的一面。请你们客观地看待这个消息，要知道这只是医生的推测，要查清病因，还需要到大医院去诊断。

"你们是否知道，肿瘤患者多是中老年人，我们如此年轻，我们的身体，还不能给肿瘤细胞的病变，提供充足的时间。请大家相信我，他是健康的！不要再给他施加压力，我们要和他一样的乐观！"

班主任稳住了大家的情绪，阻止了慌乱，也制止了眼泪。

大医院的检查结果，让春华陷入了尴尬的境地。

"饭后剧烈运动导致食物凝结，梗塞肠胃。"

春华爸爸长舒一口气，春华妈妈破涕为笑。春华也笑了，但他不仅仅是因为听到了这个消息。

痛苦也是上帝的礼物

今年四十六岁的艾米，是美国的一名长跑爱好者。2006 年，她在芝加哥马拉松比赛中获得过美国业余运动员协会奖。2011 年，她完成了从死亡谷到惠特尼山的超级马拉松比赛。今年 4 月，她又向有着"地狱马拉松"之称的摩洛哥沙漠马拉松赛发起挑战。"地狱马拉松"比赛难度很大，至今为止，还没有女性义肢跑者参赛的先例，如果艾米能完成比赛，将会创造一项新的世界纪录。

能够成为一名跑者，对艾米来说无异于一次重生。艾米出生在一个并不幸福的家庭，她的父亲有酗酒和家暴的恶习，童年时期的艾米，一直生活在恶劣的家庭环境里。为了尽快地走出阴影，艾米想到了跑步。她希望能够通过跑步，来宣泄情绪，充实自己的生活。

长大以后，艾米的父母相继去世，她短暂的婚姻也匆匆结束。艾米再一次承受着生活的打击，但艾米也因此学会了坚强。就像最开始的跑步，她只是为了逃避痛苦，而跑步的过程中，她学会了坚持一样，艾米决定用自己的方式，战胜困难，赢得属于自己的人生。

尽管艾米心志如铁，但是生活并没有因为她的坚强而变得软弱。在一次交通事故中，艾米的左腿受伤。因为伤势严重，医生建议艾米截肢，但是艾米担心，截肢以后她就不能再跑步了。这个时候她才发现，她有了对生活的热爱，她热爱跑步！

　　艾米选择保留受伤的肢体，继续跑步。一年后，当她跑完哥伦布马拉松比赛时，她忽然感觉到自己的左腿剧烈疼痛，等她停下来一看，才发现她的左腿已经严重萎缩，只剩下原来一半的大小了。艾米大哭出声，这不仅仅是因为她身上有着令人无法忍受的疼痛。

　　最终，艾米逃离不了截肢的结果。二十几次手术以后，艾米终于平静下来。她通过这一段时间的思考，总结出一条人生结论——"是跑步定义了我！"艾米重新振作起来，装上了义肢，开始了跑步练习。从五公里慢跑，到世界铁人三项锦标赛残疾运动员组冠军，艾米一遍又一遍地用自己的行动，向世人证明——人是可以凭着坚强战胜生活中的困难的！

　　沙漠马拉松赛前，艾米做了充足的准备。4月的沙漠，白天最高温度能达到五十摄氏度，艾米为了适应高温环境，就到桑拿房练习跑步；沙漠马拉松与普通的马拉松比赛不同，参赛的运动员需要带上足够的饮用水、食物和急救箱，为了能够熟悉负重跑步的感觉，艾米就将两个孩子驮在肩上练习跑步。与其他运动员不同，艾米还要比别人多准备一副定制的义肢。

　　比赛中，艾米才见识到"地狱马拉松"的真正困难。酷热的环境使她严重脱水，她感觉自己的喉咙像被烟草塞住，快要无法呼吸。好不容易坚持到供水点，艾米停下来休息了一会，才稍微好转。这还不算什么，最困难的是在十三千米的沙丘赛段。沙丘起伏不平，如果要跑完这一段沙丘，相当于攀爬了一幢一百一十五层的高楼。艾米来到这里，她脱下跑步义肢，换上步行义肢和跑鞋。她想利用跑鞋与地面的摩擦面较大这一特点，降低攀爬的难度。但是她失策了，由于步行义肢与跑鞋之间存在较大缝隙，给了流沙可乘之机，不出十步，她的左腿就深深陷入沙丘中，难以拔出。

艾米不得不重新换上跑步义肢，继续比赛。她逐渐感觉到，左退的膝盖被义肢磨破，右脚的脚指甲也开始松动起来，但她却坚持着一瘸一拐地跑到了比赛终点。比赛结束，她脱下义肢和跑鞋，身边的运动员问她："那是碘酒吗？"她却淡定地回答："不，那是血。"

泰戈尔说："世界以痛吻我，我却报之以歌。"生活给艾米许多的痛苦，艾米却认为那是上帝给她最好的礼物。艾米说得很对，痛苦也是上帝的礼物，只不过它化了妆，当我们被痛苦蒙蔽双眼时，才会无法辨别。只有我们足够坚强，才能够看到它最初的模样。

煎饼摊主

煎饼摊主卖煎饼的时间并不算长，他只是为了养家糊口才做这行。但认识他的人都会问他："让他给你个百八十万得了，还卖什么煎饼？！"

可是，认识他的人都不知道，这个正月，他又拒绝了一次那"百八十万"。

有能力给他"百八十万"的不是别人，正是他的亲弟弟。他们兄弟俩感情很深，尤其是弟弟对他，心怀感激。虽然现在弟弟挣大钱了，但他却不肯向弟弟讨生活。

即使他曾把自己从少年到青年的时光，都花费在了弟弟身上。

弟弟上中学时，他自己也只是个早当家的孩子。但弟弟忽然萌生出去少林寺学武的想法，并且把这个想法告诉了他。弟弟央求他，去向父母求情，希望征得他们的同意。父亲和母亲听他说完，肺都要气炸了。接着，父亲朝着屋外等候消息的弟弟呵斥："你大哥已经辍学了，还指望着你小子努力读书，将来光宗耀祖呢！学什么武？回去把书念好！"

但他却瞒着父母亲，偷偷塞给弟弟钱，让弟弟去拜师学艺。

一去六年，弟弟才下山回来。但弟弟学的那些招式，实在是不够他自己用来闯荡江湖的。

他问弟弟："将来有什么打算？"

弟弟一脸茫然地看着他，很显然，弟弟从来没有好好地想过未来。

他没有责怪弟弟的不懂事，反而劝弟弟出去闯一番事业。

弟弟离开村庄，却离不开他。初到都市，一日三餐都没有着落。他得知后，立即汇款支援弟弟。

连续三年，弟弟都靠他的接济来生活。他开始质疑弟弟："是你没用，还是我惯坏了你？"

弟弟在电话里泣不成声，发誓一定要做出一番事业，今后不仅要养活自己，将来还要报答哥哥。

他没有搭话，继续接济弟弟。

又这样过了一年，有一天，他忽然在电视上看到了弟弟的脸。他仔细地看清楚，然后，竟然像孩子一样高兴地哭了起来。

那一年开始，他没有再汇过款给弟弟。相反，弟弟会隔三岔五地给家里寄钱回来。

每一次收到弟弟寄来的钱，他都要立刻把钱取给父亲。他对父亲说："这是小宝靠真功夫挣的钱。"父亲不相信，他便买来光盘，把弟弟演出的电视画面播放给父亲看。父亲这才接下了钱。

他心里开始轻松起来，不知从什么时候起，他开始做起了街边煎饼摊的生意。每次春节，弟弟回来过年，都要求带着他一起去城市发展。但他一直没有答应。直到有一天，弟弟告诉他，自己有了做导演的想法。他这才背起行包，来到了弟弟打拼事业的城市。

但他没有出现在弟弟身边，而是选择了去片场做事。他开始学习电影知识，整天围着导演打转，心里总想着等学会了这些东西，能帮到弟弟。

可是当他发现弟弟身边有很多专业人士，并不需要他的帮助，他这才知道自己中了弟弟的"苦肉计"。于是回到村庄，再次做起了煎饼摊的生意。

如今，弟弟已经是身价上亿的著名演员了，他却依然在小城街边，埋头做着煎饼。

他的名字叫王建永，他的弟弟名叫王宝强。在面对一些媒体记者的提问时，宝强会很骄傲地说起他卖煎饼的哥哥的事迹。

犯错

师傅赶他离开的时候，他哭着在师傅身后跪了下来，乞求师傅不要赶他离开。

但师傅比他想象的还要"绝情"。他迫不得已，只得带着师傅借给他的十万元，回到了乡下。

寡母责问他："你到底犯了什么错误，师傅非要赶你出门？"

"我没有犯错，师傅说他不能照顾我一辈子，他要我拿着这十万块钱，回家把家里几亩地给种起来。"

"你怎么能拿师傅的钱呢？"

"他说这钱算是先借给我，等我把事业做起来了，挣到钱再还他。"

这一天晚饭时，他和母亲都陷入了深深的沉默。

"妈，我想好了，就按师傅说的做，把咱家的地先种起来。"他终于打破了这沉寂。

"说得容易！"

"您听我说，这五年，师傅从药材的选种种植，到成药销售，都亲手带着我做过。我也代师傅打理过一年事，现在师傅让我自己做，我有信心能做起来。"

母亲从他的目光中看到了自信，便选择了全力支持他。

母子俩开始筹备起来，他跑市里的药材市场去选种，母亲在自家地里做准备。

三年以后，在具有中华药都之称的安徽省亳州市，师徒俩在药材交易市场见面了。师傅是药材企业商会的理事，而他作为药材企业的新晋代表，与师傅一起出席了活动。

这是一场中国药材业的行业高端活动，在华佗的故乡，中国最大的药材交易市场举行，对他来说，是一种莫大的荣誉，更是对他这些年艰苦奋斗的创业历程的一种肯定。

但高兴得快要哭了的人，不是他自己，而是他的师傅。

活动结束以后，他来到师傅的办公室里。师傅忍不住流出热泪来。

他赶紧劝慰师傅："您应该为我高兴。"

"我高兴，我高兴，看到你今天的样子，我终于放心了。"师傅转过身，摆摆手说。

"我知道您的良苦用心。"他站在师傅身后，仍然像那个十六岁的孩子。

"你错了，我知道我欠你的债，是永远都还不清的，但看到你这样，我心里好受一点。"

他听到师傅自责的话语，赶紧制止："师傅您别说了，您对我只有恩，没有债。"

"不，不，如果你父亲还在，你应该是大学毕业，在大都市里做办公室里的工作，就用不着吃这份苦，受这份罪了。"

"那也不怪您！人不是你撞的。"他激动地说。

"可撞你父亲的那辆车是我的，车上的货是我的！"

听到师傅不容置疑的语气，他不敢再作声。他在师傅的办公桌前坐下来，静静地回忆父亲出车祸那一年的情境。

那是一个春天的上午，他正在学校里上第三节课。课堂上，英语老师正用英文讲述着有趣的故事。忽然，班主任来到教室门口，在同学们面前把他叫了出去。

他再也没有回到过那间教室，再也没有见过那些同学，再也没有去看望过自己的老师。但他记得是老师告诉了他父亲出车祸身亡的消息。他记得那一天的时间，就停止在了那个上午。

"师傅，那些事都过去了，我放下了，您也放下吧！"他终于回到了现实的生活中来。

师傅没有转身，但却挺直了脊背。

"我失去了父亲，但却得到了您的关爱；我失去了一帆风顺的人生，但却活出了另外一份精彩。如果您什么都没为我做，我可能都不知道我会恨谁。但您为我做的一切，让我知道了我应该感激谁。"

他说完，在师傅身后跪了下来，像三年前，师傅赶他出门的时候那样。

阿布

阿布与同龄人有许多不同之处。十二三岁的年纪，别人家的孩子都迅速生长发育着，阿布的个子，却一点也不见长，总是保持着十岁时的身高。

奶奶常常对爸爸妈妈叹气，要不去医院查查，看这孩子有没有什么毛病？

"奶奶您这叫揠苗助长，我天天在家里，您天天看见我，当然不能发现我长高了！"阿布用学过的故事跟奶奶讲道理。

但阿布的学习又不怎么好，尤其是语文，为了背两篇《雷锋日记》都要留校。

"这孩子是不是有点笨啊？"阿布听见，爸爸小声地问妈妈。

所有人都觉得阿布"不正常"，唯有邻居家的老中医不这么认为。

老中医都快九十岁了，头发早已掉光了，但长长的白胡须，乳白色的面容和他涂上了红漆的拐杖，使他看起来仙姿飘逸。

他在十里八乡很有名，十天之中，至少有八天门庭若市。看诊之外的时间，他都在自家屋里翻书制药，即使是同一个村庄里的人，想见他一面都难。

可他会不时地走进阿布家的院子里。他扶着拐杖向奶奶夸奖阿布："这孩子，德行很好，别的孩子经过我家门口，看见我晒在路边的药丸，都要偷偷地拿两颗去玩，只有他，从来都不会伸手去碰一下。"

奶奶把他的话告诉爸爸妈妈，阿布因此得到了爸爸的表扬，还有妈妈的奖励。

有一次，老中医蹒跚走进院子。阿布恰好在家，老中医就腾出一只手，抚摸着阿布的脑袋瓜儿，露出"赏心悦目"的神情，还自言自语地说："眼大头圆，眉宽脸匀，不错不错。"

阿布由此特别喜欢老中医。可他又觉得，自己有愧于老中医的赞美。

虽然他的确没有偷拿过老中医晒在路边的药丸子，但每一次经过老中医家门前，嗅到那药丸散发出的奇香，他都忍不住停下脚步，闭上眼睛，长长地吸一口，那清香四溢的中药的香气。

阿布心里不安，试图把这件事告诉老中医。他来到老中医家门口，在老中医的大门边站着，悄悄地朝老中医家的厅堂望了一眼，里面微弱的亮光，被屋外强烈的阳光掩映，老中医坐在八仙桌边，正望着门口。

阿布吓得连忙缩回头去，但紧接着，他就听到老中医在屋里喊他："你进来！"

阿布不敢溜走，乖乖地走进屋里。

"你有什么事？"老中医问。

阿布紧张地说："我来告诉您，我——跟别的孩子一样，我也很好奇您晒在路边的那些药丸。"

老中医听了，笑着问："你有没有动过拿走一颗的念头？"

"没有，没有，我从来没有这么想过！"

"那么你就跟别的孩子不一样啊，你从来没有想过拿走不属于自己的东西。"

阿布得到老中医的肯定，心里高兴极了，但他马上想到另一件困扰着他的事，就又高兴不起来了。

"你还有什么事吗？"老中医和蔼地问。

"有，我和别人不一样，十岁以后，我就没再长高过了，还有我的记性不好，背书总背不熟，我是不是就像奶奶说的，不太正常？"阿布鼓起勇气，将他的缺点告诉了老中医。

老中医笑了。

"这有什么不好？你个子长得慢，也总有长高的一天，脑瓜子不如别人聪明，但你知道约束自己的品行，正是因为你与别人不一样，人们才能够把你跟别人区分清楚啊。"

阿布不太理解老中医的话，但从老中医的笑声里，阿布知道，不能事事都跟别人一样，有什么大不了呢！

地下通道口的乞丐

　　每天下班，我都会经过市中心的一条地下通道。在通道出口，总是能够看到一位席地而坐的老年乞讨者。每一个经过这里的人，都会被他挡住去路。我常看到，有人在他钵里留下硬币，也能看见，有人走到这里就绕道而行。

　　我像往常一样乘着电梯从地下上来。今天走在我前面的，是一名低头拨弄手机的青年男子。我看见他宽松的口袋中，一只皮夹即将掉下。

　　我准备追上去提醒他，但他却停了一下。我猜他是察觉到了，遗憾的是，他只是略顿了一下，还是没发现。很快，他又将注意力转移到了手中的屏幕上，接着，绕过老乞丐走开。

　　"你钱包要掉了！"老乞丐发出洪亮的声音。

　　我听见了，然而那位时尚的先生没有听见。也许，他听力不如我，也许，他耳朵里塞进了时代的麻痹。

　　见他不肯回头，低头直走，老乞丐连忙伸长脖子，身体的半边，都已经准备爬起来。

"追上去告诉他吧？"我猜乞丐心里是这样想的。

我曾亲眼见过，有人加快步伐，只为躲开乞丐的纠缠。眼前的老乞丐，想必也是意识到了这一点，已经爬起来的半边身子，松弛下来。他转眼和我对望的时候，目光里全是无奈。

我依然对他点头笑笑。这和平常礼貌地打个招呼不一样。从事讨钱的营生，面对即将掉落的皮夹，却试图给人提醒。这是一位乞丐的职业操守和一位老者的尊严。我的微笑里，有素日不曾有过的敬意。

"我是从什么时候开始，跟老乞丐那么熟了？"我心里突然冒出这问题。

记得第一次，在通道出口看见他，我不自觉地摸了一下口袋。身上只有一张百元大钞，刚参加工作，全给他吧，舍不得。而且我想起了在书上读过一个故事。故事中说的是一位男士，他每天都会给一位乞丐十美元。后来男士结婚了，养家糊口压力大，却仍然坚持每天给乞丐零钱，只不过从前的十美元，降为了后来的五美元，再后来，男士有了孩子，给乞丐的零钱又降到一美元。乞丐愤怒了，将一美元扔还给他。这个故事让我知道了，生活中的善意和童话中的善良不一样。生活中的善意，要细水长流。

所以第一次见到老乞丐，我没有给他钱，但我对他点了点头，微笑着打了个招呼。

我不知道自己为什么这么做，也许是出于尴尬，也许是因为雨果灌输给我的价值观念。他在《悲惨世界》的序言里，给全世界的作家指引了方向。

"如果由法律、习俗构成的社会迫害依然存在，在文明高峰期里，人为地变人间为地狱，并让人类天赋幸福蒙受无妄之灾；如果本世纪的三大难题——使男人昏庸的贫穷，使妇女堕落的饥饿，使儿童孱弱的黑暗——尚未解决；如果社会毒害在一些地方仍会发生，换言之，同时也是就更广泛的意义而言，如果仍有蒙昧、贫苦存在于这个世界，则与本书性质相同的著述，都不会是没有益处的。"

这一段话，成了我内心中善良的标准。我每天经过老乞丐身边，在下班的人潮中，有人绕道避开他，有人给他留下硬币，唯有我，像熟人一样跟他点头打招呼。

他回应我的表情，让我看到了曹文轩先生在《青铜葵花》的后记中描述的那种"美丽的痛苦"。

我追上了走在前面低头玩手机的男子。他回头时，我告诉他："刚才那位老人提醒你，你的钱包快掉了。"

他顺着我手指的方向，看到了那位坐在地下通道出口的老人。

穿短袖的孕妇们

　　为了让大肚子的妻子能够得到更好的休息，到医院产检时，我站在一群孕妇中间排着队，等待检验科的医生给妻子抽血化验。

　　站在我前面的是一位穿着红色短袖衫的孕妇。她一直小心翼翼地护着肚子，并且刻意保持着与我之间的距离。仿佛我的一个不小心，就会伤害到她肚子里的孩子。

　　这让我觉得非常尴尬。我往队伍前面望去，却发现她前面还有七八位孕妇排着队，我估计一时半会，是到不了抽血窗口了。

　　"安静等着吧，有什么好尴尬的。"我在心里为自己打气。

　　可是一位拄拐的老人打乱了队伍的秩序。

　　"我来抽血化验。"老人家一手依着拐杖，一手拎着装满了东西的手提袋，径直走到队伍前面，朝窗口里面的医生大声喊。

　　"这里是孕产妇专用窗口，您老到隔壁窗口排队去。"医生也大声回答他。

　　老人家从我的队伍中间穿过，到了相邻的窗口又喊："我来抽血化验。"

"要不让他先抽了吧？"医生没有回答老人的话，而是询问已经排到窗口的一位抱着孩子的年轻爸爸。

年轻的爸爸答应了，我身边的整条队伍就都往后挪了一挪。

这时候，老人家已经在窗口前手忙脚乱地挽袖子了。医生拿着试管和针头等着他，但他却没办法同时做到扶着拐杖，拉起袖子，拎着袋子这三件事。

附近所有人的目光都聚焦到了他身上。大家都在期待着他能顺利完成抽血检查，而站在我前面的穿红色短袖衫的孕妇走了出去。她走到他身边，拿起了他沉甸甸的手提袋。

"您先放一下，我给您拿着。"她说话的时候，老人家一脸惊讶。

等他明白过来，她是在帮助他，而不是抢夺他的财物，他才连声道谢。

老人家抽完血离开，她才回到队伍里来。她回来的时候，我的身体不由自主地后退，给她让出了一个位置。

一阵骚乱以后，队伍慢慢恢复了秩序。但很快，一阵婴儿的啼哭声，又吸引了人们的注意力。

我寻声望去，又是相邻的那个窗口。那位年轻的爸爸轻轻地抚摸着孩子，哄他安静。但针刺的疼痛，却让婴儿啼哭不止。

好不容易抽完血，婴儿的啼哭才慢慢地停歇下来。年轻的爸爸占据窗口已经很长时间了，于是他抱起孩子匆忙离开。

"喂，你的就诊卡！"医生喊了一声，年轻的爸爸却没有听见。

"喂，你的就诊卡！"见他走远，医生连忙拉下口罩，用力喊他。

他还是没有听见，我回头去看的时候，他已经走出了检验科的大门，走进了电梯口的人群中间。

这时，站在我这一列队伍末尾的一位孕妇，忽然跑了出去。她穿着绿色的短袖衫，戴着黑框眼镜，胖胖的身体挺着个大肚子，跑起来像是一团雨云。

她把他追了回来。

我站在队伍里，看着我前面穿红色短袖衫的孕妇，她仍然小心翼翼地护着肚子，并且刻意保持着和我之间的距离。

我轻轻地往后退了一点，并且回头看了看那位穿着绿色短袖衫的孕妇，她仍然站在队伍末端，看起来，像飞机舷窗外托着太阳的一片云彩。

丈量父爱＝每天一百五十千米

哈尔滨市有一位出租车司机，名叫何海波，他因为边跑出租，边照顾脑瘫的女儿，感动了很多人，也因此在业内很受人尊敬。

在哈尔滨开出租的司机师傅们都知道，何海波的副驾驶坐上，永远坐着一名少女。这女孩就是何海波的女儿。何海波开出租十年，从不违法驾驶，也从不危险驾驶，为的就是保护好自己的生命安全。因为他总说，我不能有事，如果我有事，谁来照顾我的女儿？

何海波的女儿因出生时脐带绕颈，造成缺氧，导致大脑受损，不幸成了一名脑瘫儿童。何海波的妻子无法接受这样的现实，提出将孩子送给别人抚养。但是何海波不同意，他说，我们自己的孩子，如果我们都不要她，谁还能好好地照顾她呢？即使有这样的人家，能真心待孩子好，可是我作为她的父亲，也决不允许这样的事情发生。渐渐地，他们夫妻之间感情破裂，最终分道扬镳。

妻子走了以后，何海波开始跑出租。他年迈的老母亲就在他工作时帮助他照顾孩子。但何海波心疼孩子，也心疼母亲，每天都早早收工，回家照顾女儿。一个东北男子汉，开始学习用轻巧的方式给孩子洗澡、换尿布、穿衣服。直到一切都变得十分娴熟以后，孩子也在艰难的生存环境中慢慢长大。何海波又开始教女儿说话，等她终于学会了开口叫奶奶，叫爸爸，何海波也在不知不觉中，从一个青年变成了中年男人。

青春的消逝，并没有让他感到遗憾。何海波唯一觉得亏欠的人是他的老母亲。为了照顾女儿，何海波很少有机会尽孝。为了帮助他照顾女儿，何海波的老母亲过早地进入了垂暮之年。母亲病重的时候，何海波每天既要跑车，又要照顾母亲，还要照顾女儿。疲惫一词，已经不能形容他那段日子的感受。可是这个时候，女儿已经能够用她口齿不清的话，来安慰父亲。这使何海波宽慰许多，也让他感动得哭泣。

母亲去世后，何海波就一直把女儿带在身边。出车的时候，女儿就坐在他的副驾驶上。虽然刚开始有许多乘客不理解，甚至因为嫌弃而拒绝乘坐何海波的出租车，但是他们父女俩却并没有因此而失去快乐。何海波差不多每天要跑上一百五十千米路，女儿就坐在他身旁，陪伴他跑完一天的车。虽然不能像正常孩子一样欢歌笑语，但女儿总是用她的笑脸告诉父亲，她有多么幸福，有多么快乐。交车回家，女儿会坐在他的脚边，用并不灵活的动作，给他捶腿揉脚。看到女儿的样子，何海波就会充满感恩地说，无论未来如何，但已经过去的这十几年里发生的一切，都值得！

当别的家庭一家三口坐上车的时候，何海波发现，女儿会偷偷瞄一眼别人的妈妈。何海波知道，虽然孩子从来不说，但她心里一直有一个愿望，那就是能再见到她的母亲。何海波也常常期待，能组建一个完整的家庭，他希望女儿感受到更多的关爱。

在这个世界上和何海波有相似遭遇的人很多，也许何海波不是做得最好的，可是在他的女儿看来，爸爸车子上的仪表盘里，那六位数的里程记录，就是丈量父爱最好的标准。

被一头牛唤醒的纳粹将军

二战结束以后，比利时军事法庭对纳粹战犯进行了审判，绝大多数的纳粹战犯都得到了应有的惩罚。法庭的判决，令比利时人民非常满意。唯独到了审判第六集团军的李斯特将军时，有人提出了抗议。

法官请抗议者进行了陈述，于是关于李斯特将军和一头牛的故事，被人在法庭上披露出来。

抗议者自称曾是纳粹集中营的一名战俘。那是战争刚刚开始的时候，德意志第六集团军以迅雷不及掩耳之势入侵比利时，并占领了有"疗养胜地"之称的威苏里城。在威苏里的军人荣誉院里，住着比利时的伤员和老战士，以及一头在一战中幸存下来的名叫"骑士"的牛。李斯特将军一拿下威苏里城，就下令杀掉"骑士"，并督促他的下属克鲁伯少校亲自去执行。

发布命令之后，李斯特将军长舒一口气。他看着镜子里，自己右眼的结痂，回想起第一次世界大战时的情境。那是李斯特晋升中尉后参加的第一场大战。他奉命在交战区的主要街道布置地雷，任务进行时，恰好遇到比利时的士兵排雷。比利时人用六十头牛并行排雷，李斯特中尉慌了，站在街道的这一头，看着牛群奔腾而来。街道上爆炸声一声高过一声，牛群渐渐稀疏，最后只有一只被炸伤了腿的黑牛，冲出了雷区，出现在李斯特面前，与他怒目对视。李斯特中尉举起了枪，对准这头牛。可是矫健的黑牛，气势凶猛地冲上来，用牛角撞击了他的眼睛。"独眼龙"的称呼由此而来，李斯特从那时起，就开始痛恨这头牛。

　　第二天，克鲁伯少校向李斯特将军报告，那头名为"骑士"的黑牛，已经于1917年被比利时政府授予上校军衔，因此，根据《日内瓦公约》，李斯特将军是不能擅自处决"骑士"的，而只能将它当作战俘对待。

　　这个意外的情况，的确让李斯特将军为难，但却动摇不了他杀掉"骑士"的决心。于是他再次命令克鲁伯少校，找"机会"合法处决"骑士"。

　　可是一个月后，克鲁伯还是没有"机会"处决"骑士"。不仅如此，克鲁伯似乎还有心偏袒"骑士"。原来，克鲁伯遵照李斯特将军的指示，为"骑士"犯错制造了多次机会。甚至还利用草原上的青草，诱惑"骑士"闯进雷区，可是"骑士"居然能辨别警示标志！这使克鲁伯暗自惊讶，经过一番打听，才知道"骑士"已经二十六岁了，并且两次落入纳粹集中营，经历了长期的劳役驱使，"骑士"终于被锤炼成一位特殊的战士。

　　李斯特将军不相信克鲁伯的鬼话，第三次下令，让他的护卫犬"野狼"单独看守"骑士"。克鲁伯只能奉命将"野狼"和"骑士"单独关押。"野狼"一看见"骑士"，立即冲上前疯狂地撕咬起来。很快，"骑士"遍体鳞伤，鲜血淋淋。危急关头，"骑士"撞向铁丝网，终于将"野狼"撞翻在地。但"骑士"没有补上最后那致命的一脚，而是放过了"野狼"。

　　一周之后，李斯特将军得到消息，"野狼"和"骑士"成了形影不离的朋友。李斯特一听，简直气疯了，赶到集中营，目睹了自己忠实的护卫犬成了敌人朋友的事实，但他无论如何都不能接受这一事实。于是他下令，绞死"野狼"。

"骑士"撞倒准备绞死"野狼"的士兵，救下了"野狼"。就在这时，李斯特将军向"骑士"开枪，"野狼"却一跃而起，替"骑士"挡了一枪。

"骑士"发出低沉的长哞，李斯特将军准备再开一枪。"骑士"又一次与李斯特怒目对视，李斯特突然放下了枪，垂头离开。

第二天，克鲁伯收到一条新命令："严格按《日内瓦公约》对待战俘，禁止一切虐待和虐杀战俘的行为。"

法官陷入了异常的沉默，这时有人呈上了一份证据，那是李斯特将军的日记本。法官看到，"野狼"死去的那一天，李斯特在日记中写道："在一头牛的眼睛里，我看到了上帝之光。"

李斯特将军最终被从轻量刑。有人评论说，他是因为在二战中保护战俘而得以安享晚年，但李斯特将军却说，是一头牛唤醒了他的灵魂。

第五辑　焚书故事

焚书故事

关于"焚书"我没有多少要讨论的，我没有看过多少书，尤其是已被焚毁的那些。但述及此篇，需要为关心我并且和我一样读书不多的同学和朋友们加点料，希望你们能够简单地了解"焚书"的历史，从而激发你们阅读的情绪。

我们这里要讨论的"焚书"，与青春期的少年在卫生间里烧毁低俗杂志不是一回事。"焚书"是历史事件，最早的焚书记录在秦朝，是由字写得最好的丞相李斯发动的。如果你出生在秦朝，搞不懂这兴师动众的政策是怎么回事，那只能说明你胆小。但活在当下，如果"焚书"缘由还需要我做解释，那我只能说，李丞相的所作所为证明了蝴蝶效应的原理，千年之后，终于实现他的目的。

几乎所有论及"焚书"话题的文章都会补充刘大櫆先生在《焚书辨》中提出的观点："书之焚，不在李斯，而在项籍。"

因为《史记》中有记载："项羽引兵西屠咸阳，杀秦降王子婴，烧秦宫室，火烧三月不灭。"客观说来，刘大櫆先生的观点有管窥蠡测的嫌疑。我们不必判断对错，不过却可以从这一观点得出结论："焚书"是一件需要对炎黄子孙负责的事。

这责任该由谁承担？李斯也好，项籍也罢，他们甚至都不是始作俑者。在中华民族伟大的历史进程中，"焚书"之恶，肆虐不息。

隋朝以前，历史上就有五起"焚书"大事件。学者牛弘就总结出"五厄"之说："秦始皇下令焚书，坟籍扫地皆尽，此为第一厄；王莽末年，长安兵起，宫室图书，并从焚烬，此为第二厄；汉献帝移都时，吏民扰乱，图书缣帛，皆取为帷囊，此为第三厄；刘曜、石勒覆灭京华，朝章国典，从而失坠，此为第四厄；周师入郢，梁萧绎悉焚典籍于外城，此为第五厄。"

其实在秦始皇"焚书坑儒"以前，秦孝公就纵容商鞅焚《诗》《书》。万幸的是，那一次焚书不够彻底，《诗》《书》得以传承。但李斯和项籍却不同，李斯"禁天下私藏《诗》《书》百家之语"将以愚民；屠夫项籍，一把泄愤的火，使"唐、虞、三代之法制，古先圣人之微言，乃始荡为灰烬"。

这五起焚书事件，有四起是因为战火。其中值得一说的，是梁元帝破国之际，认为自己饱读经史子集却仍然亡国，绝望而焚书。理由实在可笑，结果却对民族文化造成了深深的伤害。

隋朝以后，也依然有五起焚书事件。分别是：安史之乱、靖康之耻、清代文字狱、八国联军侵华和洪秀全焚书。

这五起事件中，同样有以"愚民"为目的的"焚书"，而其余四起，皆因战火。

安史之乱，对当时世界第一大城市长安造成破坏，书籍典藏无辜遭殃。而洪秀全焚书，实质是宗教统治者对儒家经典的偏见。金田起义之初，洪秀全"引人入胜"的故事里，就有孔丘在上帝面前下跪认罪的诛心之说。建立太平天国之后，儒家经典更是被称为"妖书邪说"。如果从文化传承的角度思考，我认为，清末农民起义爆发得太草率了。

与秦始皇直接焚毁的方式不同，清代统治者"焚书"的技巧高超。焚书是比较古老单纯的毁灭方式，对"书"不对人。清代禁书政策，则已经上升到高级管理层面，追究责任人。乾隆皇帝下令禁书和删戏有同样的效果，作品尚未问世就遭封杀，直接杜绝思想面世的机会。由此可断，在"焚书"这条文化管理的道路上，封建统治者不仅积累了丰富的经验，还提高了应对速度，有效地控制了文化发展的道路，"如妖梅病梅以折枝"。

虽然从中国古代史到近现代史中，能够总结出"焚书"的十大历史事件，但我有理由相信，"焚书"作恶，绝不仅此十次。我记得1996年，我在家中的一个旧木柜里，翻出一本发霉了的线装书，从霉变的字迹中依稀可以辨认书名——《西厢记》，从霉变的程度和木箱陈旧的样式，我可以判断出，这本书藏了至少二十年。

那时，我还不知道祖父母为什么会冒着危险去藏一本书，直到我读了南方史官赶着去齐国帮助太史季记录"崔杼弑其君"的故事，才明白这世界上，总会有一些人比其他人更加明白文化传承的意义。我猜我的祖父不一定有这样崇高的精神，他当初藏一本的目的，或许只是希望子孙们能有机会去读本书识几个字而已。

古今第一辩士

大概在苏秦以前，辩士就是一种职业了。以三寸之舌，服百万雄师的终极抱负，正是使得职业辩士们背井离乡的最主要原因。在那样的时代里，能称得上辩士的人，口舌之争时，定不肯轻易饶人。更何况被人误会，连一句"不是我做的"这样的辩解都不说的人，怎么能算得上一名合格的辩士呢？

秦末汉初的郦食其就是这样一个人。他也是几千年来，唯一一个不肯为自己辩解的善辩之人。

那么他会不会是一个滥竽充数的"辩士"呢？

这几乎不太可能。

郦食其第一次见到刘邦的时候，刘邦正在洗脚。郦食其心里明白，刘邦莽夫出身，特别讨厌文绉绉的人。于是他故作玄虚地问："沛公您是打算率领群雄诛灭暴秦呢？还是准备帮助秦国征服诸侯？"

"你好大胆，竟敢说出这样的话来！秦政残暴，民不聊生，我当然是要诛灭暴秦的啦！"刘邦一开口，正中郦生下怀。

"如果您要推翻暴政，又怎么能对读书人这么无礼！难道您不需要读书人为您出谋划策，帮助您聚合天下之力，诛灭暴秦吗？"郦食其趁机"教训"刘邦。

刘邦因此奉郦食其为上宾，足见郦生是雄辩之才。

不仅如此，郦食其还有着杀伐决断的治国本领。楚汉争霸之际，刘邦屡屡受困于项羽，郦食其便建言：避其锋芒，屯兵敖仓，扼兵道、粮道之咽喉。刘邦欣然接受了他的提议，也因此确定了争夺天下的霸主地位。

如果这还不能够证明郦食其的辩士身份，那么汉朝立国之初，郦食其只身前往山东，游说齐王，兵不血刃，就使齐王乐呵呵地以七十座城池降汉，应该能够证明他的诡辩才能了吧？！

郦食其见到齐王田广，并没有直接提出汉王的招降意见，而是先问田广，是否知道天下人心所向的是哪一位诸侯王。在乱世中跌宕，人心向汉的趋势，田广当然再清楚不过了。可是他内心中仍有不甘，表面上又倔强逞强。虽然明知他手下的将领，没有人能战胜刘邦派来攻城的大将韩信，但一旦开战，就算与韩信拼个你死我活，他也不会轻易弃国。

郦食其分析透了田广的心理，因此循循善诱地将汉王刘邦的军事实力和他赏罚分明的行为标准阐释给田广听，最后，在田广犹疑瞬间，郦食其又诚恳地劝说："大王您先向汉王称臣，还可以以属国国君的身份保全宗庙社稷；如果您不肯，那恐怕齐国很快就会被攻陷啦。"

齐王听了，心防崩溃，就与郦食其约定归降。

"树欲静而风不止"，郦食其游说成功，收服齐王的消息传到汉军，也传到韩信的耳朵里。韩信立功心切，不顾郦食其身在敌营的处境，连夜发动了袭击，攻陷齐国。

田广得知汉军攻进城的消息，误以为郦食其出卖自己，与韩信里应外合，便在朝堂之上准备了一口油锅。郦食其一到，他便厉声质问："汝能止汉军，我活汝；不然，我将烹汝！"

郦食其本来可以先劝齐王息怒，然后争分夺秒汇报汉王，请求韩信停止攻伐。然而，在他心里国事气节，远远比个人的生死荣辱更重要。只见烈焰油锅下，一文弱书生大义凛然，说完了他人生中最后一句话："举大事不细谨，盛德不辞让。而公不为若更言！"

做大事的人不拘小节，有道德的人不怕污蔑。我不会再替你说话了。一介书生郦食其，一生秉持着职业辩士的操守，临危却不肯为自己辩驳一句，真可算得上古今第一辩士也！

梦的预见

梦具有一定的预见性。这种说法似乎毫无科学根据，但在中国历史上，却有着这样一些传说。

五代十国时期，有一位皇帝陈叔宝（一说孟昶），他有一个午睡的习惯，迎新时节，他于睡梦中得一妙句，于是挣扎梦醒，一骨碌爬起身，宣来笔墨纸砚，大笔一挥，写下："新年纳余庆，佳节号长春。"他写对联的那天正好是春节，一年后，赵匡胤统一后蜀，派去征讨陈皇帝的人，名字就叫吕余庆。更巧的是在此之前，赵匡胤已将自己的生日定名为"长春节"。于是这句话便多了一个解释："你就快被一个名叫余庆的人抓去了，还在这里做梦，快醒醒吧，傻子！"

史料并未明确记载陈叔宝梦中得偶句的详细情况，这当然可以理解，皇帝做个梦而已，他不说谁敢乱写。不过我还有一个例子，很显然，他还是个皇帝。想想就能知道，普通百姓的梦境不足以成为传说。但这一位，是在中国历史和中国古代文学史上都比较有名的皇帝——南唐后主李煜。

我没有读到与他的梦相关的史料，可从他自己的诗词里，却能够看到一些蛛丝马迹。"窗外雨潺潺，春意阑珊。罗衾不耐五更寒。梦里不知身是客，一晌贪欢，独自莫凭栏。无限江山，别时容易见时难。流水落花春去也，天上人间。"引述李煜《浪淘沙》全词，只因一曲上口不忍停，但在这段文字里无须像高考鉴赏题一样去评论，我只给读者们提个醒，李煜最后是被赐毒酒死的，死的时候正是"雨潺潺"，时间——五更寒，紧接着还解释了原因——不知身是客，被软禁了还不低调，给人看出破绽，打了小报告。关于死法——有的材料在引用这首词时将"一晌贪欢"一句改成了"一晌贪饮"，相信编者的目的是很容易理解的。大凡一个人在赴死之前总会留恋一些东西，引发一些回忆，由此我们也可以发现他是个死性不改的人——无限江山，别时容易见时难。最有趣的是，在这首词里，他连遗言都留好了——落花流水春去也，"天上人间复相见"，或许他担心临死没人给他做记录吧。

这一段传说，乍一看去，似乎与梦无关，然而当我判断出，他这一首词也由梦境感怀而做时，便发了一阵呆想："梦里故国江山依旧在，纸上鲜泪点点已发散。梦中得了生死论，笔端微微不得停。"可这充其量也只能算作与千年前的作者达成心灵沟通，不足以成为论据，更不能充做历史的证据。

至于梦究竟有没有暗示生活的神奇特点，我想，即使我能从全世界各大古国文明的历史资料中找出实例举证，也不如科学家凭着一本普通大众瞥都不想瞥一眼的理论书籍，在报纸上发表一段声明更具效力。既然如此，梦是否具有一定的预见性，就留待拥有话语权的科技精英们在小白鼠身上去证明吧。我，依然我行我素，信仰哲学，猎奇趣闻。

外人皆称夫子好辩

人皆称夫子好辩，这个消息不胫而走，在九州盛传，最后由名叫公都子的弟子传进夫子耳朵里，夫子就又激情高亢地陈述了一番，结论是：不是夫子我喜欢抬杠，而是这世上的一些人，有太多品行不端的行为。

这是发生在距今两千多年以前的，孟老夫子身上的故事。

有些人好不容易完成逆袭，出人头地时，总要被人讹传一些丑恶的消息。这个不优秀的传统，一直流传至今，渐渐地成了约定俗成。

比如韩寒，因为一针见血的论辩而常被人议论。我在观看媒体采访他的记录时，才发现他是一个表里如一的纯洁的人。无论是他明净的脸上，还是简单直接的话语中，都没有一丝一毫的矫饰成分。

有些人一脸忠厚，却把奸邪藏在心里；有些人内心纯净，任何浊气都无法掩映。周敦颐在《爱莲说》中，用"出淤泥而不染，濯清涟而不妖"来赞扬君子的高洁品行。在我的印象中，韩寒就是这样，他有一颗纯净的心。

或许，他的反对者会对此大为不满："你对他有多了解？"

但正如孟夫子说的，这世上的一些人擅长混淆视听。他们从不公开叫骂，却不断地挑拨，总要等到你咆哮了才好。我们大可不必较真，然而文人的内心大抵是单纯的，总是受不了屈辱，藏不住愤懑。

方舟子就和韩寒对骂过，然而当这位打假斗士与文艺青年骂战时，他却失算了。这一次他没有足够的粉丝，任何一个有成就的人都需要更多的普通人拥护。韩寒一直都在说，我只是一个逆袭成功的文艺青年。文青们就会在心里亲近：哦，你也是文青，来这边，大家都是！或许韩寒意在言明我曾经是一名文青，然而当他代表着群体利益时，总会获青年群体的支持。

孔子骂人，孟子也骂人，孔子骂始作俑者，孟子骂乡原乱德。于是给人这样一个印象，舞文弄墨的功夫，不过就是酸溜溜地骂人而已。文人们推崇的，也不过是一群逞口舌之勇的宵小之徒。韩寒骂人，几乎所有破坏社会和谐的事情他都要骂，骂王孙公子，骂高富帅，骂干爹，骂校长。于是他成为众矢之的，饱受抨击。

记得史学家司马迁曾经坦言，人被逼急了，未有不呼父母者。所谓呼父母者，除了为自身痛楚叫爹喊娘之外，一定也包含着对施恶者爹娘老子的咒骂。我要提醒你的是，司马迁的话是真理。因为他是被实施过绝育手术的人。一个忍辱偷生的人，能平静地对你说出的话，那就是真理。骂人，只是一种率真的表现。文人开骂了，说明破坏社会和谐的行为又发生了。

文人喜欢骂人，历经三千年不变，然而盛世太平，也让文人们无可挑剔。他们大多改行做了酒客，要么如自称臣是酒中仙的太白，撒马狂放一圈，回来拍一个马屁。要么就如潦倒新停浊酒杯的少陵，抑郁一生，纠结而死。这时候能够有重操旧业骂人的，那是文人中的精品。"现阶段的中国，比历史上任何时期都更接近复兴。"盛世钟声响，韩寒仍然能够特立独行不失本真，做一个时代能够直言不讳地提醒错误的朋友，岂止是精品文人？

　　但鲁迅先生又提醒，整个一部历史，就是吃人史。以唇枪舌剑为利器者，总会漏拿防御扼杀的盾牌。还有那些叫骂起来不顾生死，受禄之时温驯如暖羊羊者，夫子曾曰："恶似是而非者，恶莠，恐其乱苗也；恶佞，恐其乱义也；恶利口，恐其乱信也。"也就是说，时代需要的是鞭策提醒，而不是叫嚣起哄。

江湖游侠

"好文者为游士，尚武者为游侠。"早在春秋末期，墨老师就开创了江湖游侠的生活，并且他一路走一路宣传自己的墨家学说，吸引了无数追随者。

直到某天他歇脚倒靴里的沙土时，才被身后的人群吓一大跳：这样的规模，一定会被说成是非法游行的。然而这些人誓死追随墨老师，并且在旅途中不断升级，成为一支非法持有武器的队伍。在文明时代和谐社会里，这样庞大的游侠集团会被定性为非法武装、黑社会甚至是恐怖组织。无论他们的学名怎么称呼，江湖游侠就是从这时候开始的，墨翟——堪当中华侠客的祖师爷。

《史记》中记录过多位游侠的故事，但人们最熟悉的，往往只有荆轲。

这也是情理之中的事情。毕竟对于燕国人来说，荆轲是一位刺秦的烈士。如鉴湖女侠秋瑾，虽然是用武力解决问题，但她却是出于民族大义。

那么江湖游侠到底是一个象征正义的群体，还是一个社会毒瘤呢？

司马迁曾经为此做出过解释。"今游侠，其行虽不轨于正义，然其言必信，其行必果，已诺必诚，不爱其躯，赴士之厄困。"

相反，他的这一说法，班固却不认同。班固认为，"意气高，作威于世，谓之游侠"。不仅如此，他还考虑到了放任游侠群体发展的危害——"以匹夫之细，窃杀生之权"。

然而在平民大众的心目中，还是会将许多脱离现实生活的理想正义，寄希望于江湖游侠去实现。

清代石玉昆，就勾勒出了三侠五义的忠烈传奇。石玉昆将代表民众愿望的江湖侠客和代表社会正义的包公连接到一起，使游侠精神得到了一次完美展现的机会。

如果说三侠五义，只是艺术故事。那么盛唐时期，侠士入朝的社会现象，却是不容置疑的历史事实。这一现象，在《太平广记》中，就有实例。其中有一个故事，甚至被后人搬上荧幕，那就是电影《刺客聂隐娘》。

也许作者裴铏只是想要揭露唐代藩镇割据的社会问题，但聂隐娘幼时被尼姑劫走，十三年后以刺客身份归来的传奇故事，却深入人心，对后世的影响很大。宋元以后，许多的民间艺术表演中，都会留下游侠传奇的痕迹。

复旦大学教授汪涌豪在《中国游侠史》一书中，还爆出明代哲学家王阳明也曾是游侠的惊天秘密。

其实王阳明是一个善于把握机遇的人。传说他少年博学，但行为举止却不能受到当时社会的认可。他考举人的时候，主考官就给出过"目中无人"的评价。可以说，王阳明是一个成绩很好，却不懂得文明礼貌，甚至不能与同学团结友爱的学生。但当他定居南昌的时候，恰逢宁王造反，他就趁宁王北上作乱的时候，组织武装力量，偷袭了宁王的大本营。

需要特别提醒的是，为国家和人民而舍生取义的刺客，是游侠群体的一分子。为一己私利横行乡里的暴徒，也是游侠群体的一分子。这一社会群体，从古至今，一直隐秘地生活在我们的身边。然而评价一名侠士的好坏，需要根据他的所作所为来评判。当然我们更希望，在我们生活的环境中，侠士们能够洁身自好，避免"儒以文乱法，侠以武犯禁"的违法现象发生。

休书与离婚证

我在影视作品中，看到过剧中人挥墨写下"休书"的情节。于是我的好奇心提出了这样一个问题："古代的休书，真的是想写就能写的吗？"

当我到带着这个问题到书丛中去探索后，终于明白"休书"在古代中国是一种怎样的存在。

"休书"这个东西，在中国古代史和近代史上都是存在过的。它的效力等同于当代社会的离婚证，但它却不像现在的离婚证那么容易办理。原因在于，写"休书"可不是那么随便的事儿。

魏晋以前，有《大戴礼记》明确提出"妇有七去"，即"不顺父母去，无子去，淫去，妒去，有恶疾去，多言去，盗空去"。也就是说，封建社会的道德纲领性文件规定，妇人只有在上述七个方面犯下严重恶行才可以被撵回娘家去。而告知娘家的书面信函就是"休书"。

封建统治者虽然践行着落后的生产方式，但其"以民为本"的治世智慧，却并未输给当时世界上任何一个国家的统治者。在"休书"的管理方面，不仅规定了可以写下休书的必要条件，而且还从保护女性的角度，提出了"三不出"的保护措施。

至于"三不出"，《孔子家语》是这么解释的："三不去者，谓有所娶无所归；与共更三年之丧；先贫贱后富贵。"意为：如果女方父母双亡，男士就不可以写休书；或者妻子陪同丈夫为公婆守孝满三年，就不可以写休书；再或者，在男子贫困的时候，女子嫁给了男子，而男子结婚以后飞黄腾达的，也不可以写休书。

这也就是说，在中国封建社会里，"休书"不是婚姻关系中男人的特权。相反，它是封建朝廷为了维护社会稳定而创造的一种治民措施。尤其是在宋朝以后，封建道德标准进一步提高，"休书"便成了文人士大夫不愿逾越的道德底线。

南宋时期，影响较大的"休书"事件和陆游有关。

陆游与唐婉夫妇相敬如宾，感情甚笃。但婚后唐婉久未怀孕，陆母便以"七出"标准为借口，胁迫陆游给唐婉写下了"休书"。

历史上的陆游，不仅是一个心怀家国的爱国诗人，还是一位好丈夫和好儿子。为唐婉写下"休书"之后，陆游肝肠寸断。当他十年后邂逅唐婉时，心中郁积的苦痛喷薄而发。他随即在身后的粉墙之上，挥毫泼墨，写下了传唱千古的词作——《钗头凤·红酥手》。

"红酥手，黄滕酒，满城春色宫墙柳。东风恶，欢情薄，一怀愁绪，几年离索。错错错！春如旧，人空瘦，泪痕红浥鲛绡透。桃花落，闲池阁，山盟虽在，锦书难托。莫莫莫！"

唐婉读罢，没有哭成泪人儿，而是作了一首答词——《钗头凤·世情薄》。

"世情薄，人情恶，雨送黄昏花易落。晓风干，泪痕残，欲笺心事，独语斜阑。难难难！人成各，今非昨，病魂常似秋千索。角声寒，夜阑珊，怕人寻问，咽泪装欢。瞒瞒瞒！"

然而，唐婉虽能作答词，但在陆游的休书面前，却是无可奈何的。

与休书相比，应该说当代社会的离婚证，体现了更多的女性权益。至少在办理离婚证之前，男女双方可以拥有平等选择的权利。

　　但有一个值得反思的现象，是当代社会的离婚证，比古代中国的休书出现得更多，也更频繁。我的一位同学曾经在婚姻登记办证的岗位上就职过，他在每天的工作总结中发现，日常办理离婚证的数量在不断增长。

　　这不仅仅是人口基数增长导致的问题。江苏省连云港市民政局的工作人员同样发现了这一现象。他们甚至为此寻求了解决办法："离婚先考试。"工作人员对前来办理离婚登记的夫妻，采取了"考试"的方式，帮助他们重新认识自己的婚姻。如果得分在六十分以上，则说明婚姻还有挽回的余地。我想，这与休书"三不出"的道德规范，应该是出于相同的目的。

　　民间有俗语说："宁拆七座庙，不毁一桩婚。"从古代中国到当代社会，中华民族能够生生不息地发展，应该说，对此贡献最大的是千千万万个中国家庭。而休书和离婚证的存在，则能约束家庭成员，不得随随便便地解散家庭。

通往内心深处的路

日前，功夫皇帝李连杰息影的消息，在某网站一经爆出，立刻掀起了娱乐媒体的热烈讨论。作为影迷，我看到这个消息时，却一点也不觉得惊讶。因为早在 2004 年的时候，我就知道，这一天迟早要来。

十一岁成为全国武术冠军，十八岁因参演《少林寺》名满中华。这样的人生，是普通人羡慕不来的。然而，即使是这么出众的人物，在谈起他亲身经历过的 2004 年发生的印尼海啸时，也是一脸心有余悸的感觉。

"如果水再高一尺，我就死了。拥有的名也好，利也好，别人拿什么形容你都好，了不起也好，根本没有用。"

从十八岁到四十一岁，一个人在自己的生活里越走越深，即使没有过劫后余生的经历，也应离内心越来越近的。

在此之前，李连杰一直有做慈善基金的想法。但在忙碌的工作环境中，在自己浮躁不安的心里，"做慈善"一直被延期安排。海啸之后，李连杰找到了一条通往内心的道路，不仅做成了"壹基金"，还建立了佛学院，帮助过肾病患者，甚至亲身投入，帮助犯罪的未成年人重新生活。

"生命到底是什么？"

李连杰叩问内心。如霍夫曼在《胡桃夹子》中提出的疑惑："你如何面对生活？歇斯底里还是从容不迫？你是否注意到自己的一言一行在大千世界中微不足道？你怎样评价你自己？浪漫还是坚强？"

我们常常高看了自己，又或是过分贬低了生命存在的意义。

从年少嚣张，到中年沉稳。我在 80 后的代表人物韩寒身上，看到了一个人沿着生活的轨迹，不断趋向内心的过程。

写下《杯中窥人》的时候，韩寒才上高中。探及生活浅水处的他，对生活充满自信。退学的时候，老师问他："将来你靠什么来生活？"

韩寒自负地回答："写作。"

但是在写作这条路上，韩寒不知不觉地就"减速"了。相反，在往生活深水层前进的行程中，他发现了自己新的兴趣——赛车。但他通过自己的人生经历，对生活产生了独特的人生感受。如今，韩寒在电影界崭露头角。从他创作的影片《乘风破浪》中，我依稀还能看到，那个文艺而充满幻想的少年的影子。可我从"赛车手穿越到父亲年轻的时候，重新认识并理解自己的父亲"这个故事，却能够更多地看到他内心深处的心思。

经历了万众瞩目的偶像人生，也面对过打击报复和社会质疑的生活困难，韩寒从一个意气风发的少年，往生活越走越深的同时，却越来越接近内心中的纯真。

"半世繁华半世僧"，李叔同从风流才子变成一代高僧。有人评论说，李叔同的一生，活出了别人的好几辈子。我却认为，大师的生活轨迹，遵循着人生的发展规律。

家世不俗，少年求学，使得李叔同能够成为"偏偏之佳公子，激昂之志士，多才之艺人"。国家蒙难，社会变革，又使他成为"严肃之教育者，戒律精严之头陀"。从李叔同到弘一法师，俗名变成法号的过程，实质是生活变迁，内心归宁的生命历程。

　　明代宋懋澄有言，"自七岁以至今日，识见日增，人品日减"，精辟地概括了芸芸众生在往生活越走越深的同时，离内心越来越远的现实。仔细分析，应该是人们在阅历繁华以后，抛却了内心中真实的自己，削平了棱角，向这世界妥协。

　　即便如此，我也始终相信，我终会找到隐蔽在生活的荆棘丛中的，通往我内心深处的那一条曲径。

酸秀才和穷教师

邻居叔叔失业在家，老母亲为儿子着急，竟然找到我这儿来为他揽活。

"我就想问问，你们学校里还缺不缺老师？"

眷眷慈母情，我心里酸得溜溜一颤，却仍然试着向她解释教师资格证和当老师的关系。

然而，在一个可以为历史作证的老人眼里，教师就是秀才。她的儿子，在20世纪80年代念完了高中，她可以肯定，儿子肚子里的墨水，比民国的先生和清末的秀才装得还要多。

90年代以前，我的认识也是这样的。那时候，我还只会在池塘岸边玩泥。我所有的知识，都来自这一辈老人口口相传的故事。然而这二十年里，我成长了，正是明代秀才宋懋澄所谓的"识见日增"。社会文明飞速进步，高中学识已经算不上秀才，做先生得有"教师资格证"。

远古的朝廷，通过考试来分别人才的层次。考试制度是一个利大于弊的制度。但是考完试以后得不到合理利用的人才该何去何从？朝廷却

192

没有很好地解决这个问题。许多的秀才做了幕僚、堂记，更多的秀才却在草野间发酵，直到他活得那块地都笼罩了一团酸腐气味，才困极思变，顺应民意当起了先生。

这其中也有例外，如宋懋澄，一心应考，遗憾的是他三次都未考中。他却无论如何都不愿做先生，这也许和他的皇族身世有很大关系。宋懋澄本来姓赵，是宋太祖赵匡胤的后代。元朝建立后，他的先祖就改姓宋了。一方面是为了避世，另一方面，或许是为了纪念他们家的大宋王朝。

一位有缘的老太太让我知道：在佛家眼里，做老师的是前生行恶太多，今生对学生的无限耐心就是一种修行。秒变佛迷羡慕的人，实际上比人们眼中无限崇高的"教师"光环还要飘然。那种将现实里的无奈，幻化成为高洁心境的安慰，最容易满足穷酸不满的人的自怨自艾。

我上中学的那些年，有一阵子学校里老师都打不起精神上课，新闻报道说，是因为教师辛勤劳作却领不到工资。于是穷，便在文化界成为了教师的代名词。

即使如此，我依然选择了教育事业。我从教的目的，是试图做一个"独善其身"的人。每天细味生活中的琐碎，享受着普惠时代的幸福。民国时期，我国有一位中学没毕业的人，也因为这个原因选择了教育事业。用他自己的话说，是因为"我觉得自己是从事教育工作的人，怎忍眼看青年失学。同时，我也觉得自己只有这一条适当的路可以走"。

这个人叫钱穆。对历史感兴趣的人，大多数都了解他的经历。初中时，他与张寿昆、刘寿彭、刘半农、瞿秋白四人，一起作为学生代表与学校谈判，拒考退学。后来为了生计，跑到乡下执教，花费了十年的时光，潜心自学，钻研中国历史。直到获得顾颉刚的推荐，才得以进入燕京大学教书。

后来，钱穆先后在北大、清华、川大、西南联大等高等学府任教。虽然没有能力像战士一样扛枪救国，但是钱穆先生以挽救国学为己任，笔耕不辍，著述《先秦诸子系年》，为研究战国史提供了参考依据。甚至由于不忍看着青年失学，创办了新亚书院——也就是后来香港中文大学的组成部分。

由此可见，酸秀才也不一定都是通体散发着异味的腐朽老头。而穷教师，也不一定都是孤独无助的弱势群体。

如"某大副教授性侵女学生遭处罚"的新闻，让我想明白，学生应该在自我保护的前提下尊师重道。果然是"识见日增，而人品日减"。我曾在那校园里做过发言，无限的虔诚，让我顷悟谦卑。我觉得我应该做一个行侠仗义的人。

我的诸多愿望都在这个时代里得以实现，侠客梦想，注定只能在纸上徜徉。

千里"江堤"绿映红

摇下车窗，在同马大堤上徐行，江风猛扑进来，吹得人分外清醒。我看见牛羊在坡上安静地吃草，货轮不慌不忙地浮在江面上。如果不急着赶路，徒步在这样的风景里，应该是当代生活中，十分文艺的一种休闲方式。

"渡远荆门外，来从楚国游。山随平野尽，江入大荒流。"少年诗人，从湖北沿江而下，到达安徽境内，看到的长江两岸的风景，应该就是如今的同马大堤的景色吧！

遗憾的是，盛唐时期，人类改造自然的能力仍然有限。否则，有关同马大堤的诗句，也早就被那些才华横溢的诗人写尽了。

从清朝道光年间，到新中国成立以后。从湖北省黄梅县，到安徽省望江县。纵贯历史一百二十五年，横跨两省六县，总长度一百七十五千米的同马大堤才初步建成。

我是在一次出差时，为了避开省道施工的路况，才绕道到了这里。"八月长江万里晴，千帆一道带风轻。"我想，描写长江风景的句子，没有比崔季卿更好的了。虽然他不像张若虚、王勃那样声名远播，但是我爬上江堤时所看到的风景，就只有这一句诗，描写得最为贴切。

我生活在长江北岸，饮江水三十年，却从来没有认真地眺望过长江，也从来没有留意过长江两岸的景色。我第一次听人提起同马大堤时，甚至无法想象出它的轮廓。我不知道，原来站在江堤上，就可以和长江那样亲近。江风撩衣，江浪贯耳。江滩上牛羊悠闲，白鹭安然，犹如农耕时代的蜃景。江堤上绿草如茵，防浪林叶叶交拍，仿佛是在鼓掌迎人。

父亲跟我说过，他尚未成年的时候，就有了跟随大人们挑筑同马大堤的经历。长江的水位在不断地上升，父亲很害怕，就趁夜溜回了家里。我站在堤坝上，想象着父亲口中描摹的洪水肆虐的凶险情景，却不自觉地联想起那些冒险筑堤的人们的身影。

沿江生活的人们，敬畏长江，却又不愿意远离长江。"渔舟唱晚，响穷彭蠡之滨"，这"彭蠡之滨"，是先秦时期的地理位置描述，也正是现在的同马大堤所在的地区。而"渔舟唱晚"，则是沿江居民生活的常态。

我的母舅就是一位渔民。儿童时，我常常羡慕表弟。因为他可以在每天晚饭后，跟着母舅钻进渔船里，在渔船中度过愉快的一夜。那时，我是个想象力丰富的孩子。我睡不着时，就会在紧闭双眼的黑暗中，看见贯通江水的安静的湖面上，一只乌篷船收了桨，轻轻地漂在明净的月光中；一个黑头发的小男孩，在船舷上亮起用七号电池自制的手电筒，一会儿照着水面，一会儿照照夜空，一会儿照亮母舅的脸，一会儿他又朝着天空中的明月照去。我恨不得立刻起床，偷偷地溜出门，朝那片湖面奔跑着赶去。

也许是为了完成儿时的愿望，我试图与长江更亲近些。我停下来，坐在了江堤的斜坡上。见惯了的笨重的轮船，在江水中却如同一只随波漂流的玻璃瓶子，完全失去了掌控自己方向的能力。

我想起来，同城生活的一位诗人。他叫张建新，在小城医院里有一份稳定的工作。但他的诗歌，却是描写自然的多。我读过他描写同马大堤的诗句："车过同马大堤，草越来越绿，大片紫云英，散落在江边树林和堤内外的草地上，无数吨沉江石头，仍在继续它们的使命，使春风得以安然越过江面，漫到江堤这边。"他一定是在最美的四月来到同马大堤的，只可惜我们尚未见过面，因此没有同行。

正如成语"不敢越雷池一步"所形容的，我们都是拘泥、保守的人。除了微信上的点赞之交外，我们彼此都没有主动去拜会过对方。这或许是沿江而居的人们，世世代代遗传下来的基因所决定的。这种基因的根源，或许可以追溯到东晋一位叫作温峤的文官身上。

晋成帝时，外戚庾亮独掌朝政，历阳太守为求自保，起兵谋逆。驻守豫章的温峤准备起兵勤王时，被庾亮一纸书信给制止："吾忧西陲过于历阳，足下无过雷池一步也。"温峤便谨遵上司命令，固守豫章。

豫章，在这条江堤的对岸。历史上的那一天，温峤一定心急如焚地望着这里，我坐着的这一条江堤的所在之地。

最终庾亮丢了都城，率残众来投靠温峤。而温峤也不负所望，力挽狂澜，平定了这次叛乱。

我没能带着一份闲适的心情，来这里观景。在忙碌而又充实的生活之中，难得有这样一次经历。虽然有"木秀于林风必摧之，堆出于岸流必湍之"的哲理名句，但是同马大堤，却不同于溪流岸边的土堆，它静静地匍匐在长江北岸，水流最为湍急之处，夜以继日地守护着沿江的居民。而最令人惊喜的是，它在履行防洪重任的同时，不经意间成了江边最美的一条景观带。

在各不相同的人生成为同路人

话说未来的路，并不知道怎么走。过往的脚印，或慢或急。走在人生路上，要么走得够远，要么走得够弯。但我并不因此而迷茫，因为我心里有一种自信，那就是无论我要过的是哪一种人生，都有会有与我同行的人。

杰森是电影故事《谍影重重》里面的主人公。我看到结局了，才猛然间回想起来，这是一个我熟悉的电影故事。

从昏迷中醒过来，杰森存在短期失忆的智力缺陷。我想象着他最难过的时刻，应该是他刚醒过来的刹那——由于失忆造成的自我迷失，是多么难以面对的现实。

我在生活里，不容易被眼前的困难束缚，但在生命中，却很容易被过往的经历迷失。这是普通人的人生中，最为常见的一种现象。当杰森追查到，过去，自己曾经做出了一些错误的事情时，他就陷入了这样一种情绪。

人的生命里，难免要做一次重要的决定。我想到这个问题的时候，总会及时意识到，那也是最难做出的决定。

然而，现实生活不是这样的。越是重要的决定，越是在一个漫长的时间里完成的。从一件件小事的铺垫，到接近人生关口时，实际上，所谓的抉择，已经是大势所趋。或者说，只是前面发生的所有事情的总和。

最难做出的选择，常常是在平凡的小事上。随心而动，难以克服困难；慎重思考，又好像没有什么必要。当他发现自己曾经是一名可恶的刺客时，他是否还要继续追查下去？杰森犹豫了，对他来说，第一次杀戮，他已经不再记得，但面对曾经犯下过滔天大罪的自己，却是一件比杀戮更加困难的事。

杰森心里满是罪恶感和孤独感，他也因此陷入了无限的自责和无边的孤独之中。我很熟悉这种感觉，熟悉自责的心理活动和孤独的心理感受。

年轻的文艺范儿，总是希望触摸世界的深处。有些人的脚步，抵达过很远的地方，能够看到别人未曾看过的世界。毕淑敏和王宗仁，是文艺范儿当中最初深入过西藏的俩人。藏羚羊的跪拜，在中东部地区，是无法想象的事情。而我，在品读羚羊的故事时，却仿佛成了那个举枪的猎人，我深深地责怨自己，为何企图捕杀一只孕育了生命的羚羊？

有些人被生活束缚了脚步，虽然活在狭小的区域里，但是思想认识却容易到达别人无法企及的高度。作为一名文艺青年，我读藏羚羊的故事时，比起搞建设去过西藏的同学，感触还要深刻。小聚言谈，虽说他走过川藏公路，但藏羚羊的故事，他却不知。

听过很多的人生传奇，或是看见过细碎的生活现象，对于不同的人而言，所产生的影响大不一样。我对人说起反赌斗士张豹的故事时，脑海里是一个英雄形象。但邂逅他时，我还记得，心里面纳闷："这个怪人，一瘸一拐的会不会是骗子？"

人，在不同的生命历程中，在不同的生活故事里，会因为某种相似的心理经历，而成为素未谋面的同路人。作为精神和物质的矛盾结合体，我在恬静或者忙碌的生活里，总是会想起一些经历。这样一些在生活中不复再来的"客观存在"的事实，就是在一次次回忆自省时，被加工成为生命中难以忘记的故事的。

我和我的兴趣（代后记）

论兴趣，写作估计是我唯一不会腻的事。其次是阅读和看电影，但那些都只能算是生活中的一种习惯。唯有关于写作的构思，会在任何一个时间里悄悄地发生。

然而，我不是一个适合写作的人。首先我没有稳定的工作，没有规律的作息。大多数有过写作经历的人都知道，像罗琳和梅尔那样，一边带孩子，一边写出长篇巨著，是多么难能可贵的事。也是大多数人无法做到的事情。

其次，关于写作投稿，我也总会遇到一些不可思议的巧合。第一次在《做人与处世》发表文章，还是 2011 年，我的文章刊登出来时，选中我文章的那位编辑已经考取公务员了。她把我转介给她的同事。然后再过稿时，这位编辑也另谋高就了。近年来，这样的巧合继续发生着，一位报纸副刊编辑连续选中我两篇文章以后，升职离开了。接手的编辑两个月以后又考取了公务员，离开了报社。这就像一条条弯路，需要我耐心穿越迷雾，并花费足够的时间，去寻找方向。

再次，在我写作的兴趣萌芽时，险些就被扼杀掉。我的父亲是一位迷信的人。不仅迷信风水，还迷信科学，尤其是"学好数理化，走遍天下都不怕"这样的科学。当他发现我喜欢写文章以后，我就开始生活得小心翼翼了。

可是我又好像只会做这一件事。我的工作是一份替人操心的工作。替一百多位同学的成绩操心，替他们的家长操心，替十几位教师操心，替几位合伙人操心。每天十多个小时的劳心之后，睡前的那两个小时，我就会特别想做一点自己的事。而对着电脑写作，似乎是再恰当不过的事了。

坚持写作十六年，进步很慢，弯路却走了不少。有时候我会安慰自己，幸而走了这些弯路，让我在急匆匆长大的过程中，放慢了心灵的脚步。步伐慢了，心就更稳了。

在化学变化发生的过程中，催化剂是一些化学变化产生的必不可少的条件。父亲的反对，就像我爱上写作的催化剂。越是不被允许做的事，越要去尝试；孩提时，常常有过这样的心理。仿佛一个婴儿看到别人手里的玩具，争取得到以后会变得格外珍惜。与父亲截然相反，我的叔父给我买了很多的书籍。而在我看来，那不仅仅是，最初给予了我梦想所需要的养分，那还是一次移苗入地的栽种。

当然，这个兴趣也有一定的副作用。如每到夜深人静，我会变得格外清醒；如终日沉默寡言，委屈了想要和我说话的亲人。我希望有一天，能听到我的孩子告诉我，她有了自己喜欢做的事。而我希望，那件事能够成为她生活中的职业和她一生追求的事业。